三人のライバル令嬢のうち

“ハズレ令嬢”に転生したようです。

～前世は病弱でしたが、**癒しの魔法**で今度は私が助けます！～

登場人物紹介
リチャード
黒の一族の次期当主でゲームの攻略対象。寡黙な性格。
ランスロット
リリアーナの兄。大人びているが、妹を気づかう心配性な一面も。
クリストファー
シグナリオンの第二王子でゲームの攻略対象。幼い時にリリアーナの癒しの魔法に命を救われる。
リリアーナ
銀の一族・ロアーヌ家の公爵令嬢で、ゲームのライバル令嬢の一人。五歳の時に病弱だった前世の記憶を思い出す。今世では、癒しの魔法を人々のために役立てたいと思っている。

ドロシー
ゲームのヒロインと同じ容姿をした少女。果たして、その正体は……?
アーサー
シグナリオンの第一王子でゲームの攻略対象。派手な見た目に反して、情に厚く真面目な性格。
ジェラール
シグナリオンの第三王子でゲームの攻略対象。植物の研究などを好む穏やかな性格。
シルビア
青の一族・アンダーソン家の公爵令嬢。ゲームでは『頭脳明晰で嫌味な悪役令嬢』として登場する。
アリシア
赤の一族・ロートシルト家の公爵令嬢。ゲームでは『傲慢高飛車な最強悪役令嬢』として登場する。

目次 contents

三人のライバル令嬢のうち
“ハズレ令嬢”に転生したようです。
～前世は病弱でしたが、癒しの魔法で今度は私が助けます！～

プロローグ　始まりはお茶会で

春までもう少しという、この世界に生まれて十歳になる前の冬の終わり。

私は両親に連れられ王宮に来ていた。

王宮の中庭は冬とは思えぬほど、色とりどりの花で溢《あふ》れかえっていた。

王宮に勤める庭師や魔術士、そして王族の魔法によるものだろう。

あらゆる季節の花が綿密に計算された配置で植えられているだけではなく、それぞれが引き立て合いながら咲き誇っていて本当に美しい。

こんなにも美しい庭なのに、心がちっとも躍《おど》らないのは、今日のお茶会の主旨が『王子達とのお見合い』だからだろう。

気づかれないように小さくため息を一つついて顔をあげる。子供といっても、貴族の淑女《しゅくじょ》らしく振る舞わなくてはならない。さらに言えば好印象を残さないようにしなければならない。

そう、それが最終的には選ばれない前提の婚約者だったとしても……。


中庭に用意されたお茶会のテーブルセットは本当に素敵だった。お菓子一つ一つがとても美しく繊細《せんさい》で、食べてしまうのがもったいないくらいだ。さすがに王宮のお茶会は違うなぁ、なんて感心してしまった。

ほぼ同時に案内された私達は、席に着くと公爵《こうしゃく》家の親同士で挨拶《あいさつ》を始めた。そして紹介されるままに私も挨拶を交わしていく。どの家の令嬢もさすが公爵家と言われるほどの美しさと、優雅さがあった。私もそつなく挨拶を交わし、大人しくしておく。彼女達にあまり興味がなかった私は、この時点でやっと彼女達を認識し、顔を見た……。

ふと、違和感を覚える。

彼女達を知っている。

いつ、どこで、なぜ知っているのか……。

私達一族は、ほとんど領地から出ないため、今世《こんせ》で知っているのではないだろう。

では前世か……。

そう、私は前世の記憶を持っている。あまり役に立つものではない、悲しい記憶だけれど……。

この記憶があるため、私は毎日を大切に生きている。

不意に、前世で唯一《ゆいいつ》の友達の言葉がよぎる。

『なんでかな〜この娘《こ》だけキャラが薄いんだよね〜不思議ぃ〜』

そう言って、私にキャラクターのイラスト集を手渡し見せてくれた姿を思い出す。そう、彼女はいつもこのゲームをしていた。

『ライバル令嬢が三人いるんだけどね。第一王子と次期宰相《さいしょう》のライバルキャラが、傲慢高飛車《ごうまんたかびしゃ》令嬢でさ〜めちゃめちゃ強いんだよね。ザ・悪役令嬢って感じ。第三王子と騎士のライバルキャラが冷たい嫌味《いやみ》令嬢でさ～すごい嫌なキャラなの。どっちのキャラも悪役令嬢っぽくて良いんだけど……攻略が難しいんだよね。二人ともハイスペック令嬢なんだよ』

目の前にいる令嬢達の姿と、友人の言葉が重なる。

『でもなんでか、第二王子と文官のライバルキャラが地味眼鏡《めがね》令嬢で、悪役令嬢の仕事しないんだよ。婚約もすぐ解消しちゃうし、ゲームにもあんまり出てこないんだよね～スチルにも出てこないし。キャラが地味だからかな？　う～ん。心配した隠しルートもないみたいだし。スタッフの手抜きかなぁ？　まぁ、他の悪役令嬢が強いからバランスとってる、って攻略サイトの情報が一番それっぽいかな？　でも、ちゃんとイラスト集にも載ってるし、キャラクターデザインまであるのに、変なの～。私の推《お》しの騎士様ルートだと存在すらあんまり出てこないんだよね。ウケル』

友よ。ウケている場合ではないようです。

その地味眼鏡が私だわ……。

私、乙女ゲームの世界に転生《てんせい》していたみたい……。

……乙女ゲームの世界。

そう、理解すると共に様々な情報を必死に思い出す。

私自身が乙女ゲームをプレイしていたわけではないので、すぐにピンとこなかった。けれど友人がやり込んでいて、毎日のように内容を話して聞かせてくれていたし、私もその話を聞くのが大好きだったから思い出せた。

たしか……貴族の家系に生まれたヒロインが、お家の事情で平民として過ごしているところに、父親が母親とヒロインを迎えにきてくれるのがゲームの始まりなのよね。貴族に迎え入れられたヒロインが貴族の通う学園に入学して、素敵なレディに成長していくという……恋と成長の物語だったはずだわ。

後は……なんだったかしら？　乙女ゲームの恋愛要素だけじゃなくて、ヒロインの成長っていう育成要素と、ヒロインの前に立ちはだかる三人のライバル令嬢との対戦要素まであって、コアな乙女ゲームファンにとても人気があるんだって、彼女が熱く語っていたなぁ。確かに見せてもらったイラストも、とても素敵だったし人気があるのも頷《うなず》けた。

でも現状を考えると、全く一緒というわけでもなさそうね。

この世界の知識でゲームを作った人がいる、ということなのかしら？　それともパラレルワールド？　並行世界？

難しいことはわからないけれど、私は……。

私はこの世界で生きるだけだ。

でも本当に乙女ゲームの世界なんだとしたら、ヒロインがいるはずだわ……今後のことを、よく考えなければいけないかもしれない………。

中央大陸の西側に位置する大国シグナリオン。

国土は広く、北には霊峰と呼ばれる山脈、南には広大に広がる森林を持ち水源も豊かで、西側の海においても水産や貿易が発達している、この世界でも一、二を争う大国である。

領土が広く豊かである以上に、この国がここまでの大国であれたのは、早くから血族と魔法の関係性に注目しその保護を試み続けてきたからに他ならない。


他国では、血が薄まるにつれ魔法が廃《すた》れていった。


もちろん全くなくなってしまったわけではなく、使える者が減っていったのだ。

魔術士達はいるが、血が混ざりあい基本的な魔力量の多い者が得意な魔法を使うという。

……今頃になって、魔力の多い者同士の子孫を残す努力を始めているらしいが、当人同士の相性以外に魔力の相性もあるため、絶対数が少ない他国ではなかなかうまくいっていない現状らしい。

他国で魔力の多い貴族は、みな幼い頃に『鑑定』をして得意な魔法を調べるのだそうだ。そして、魔力量と家柄で婚約者が決まるらしいと聞いた。

この国ではどの家も、兄弟姉妹の中で一番魔力の強い者が家を継ぐ。それは一族の魔力を維持するためでもあり、魔法を存続させるためにとても重要視されている。

男も女も長子か末子かも関係ないのだ。

そしてほとんどの場合、一族の中で一番強い魔力を持つ者が族長となり、一族の方針を決めていく。

魔力の種類はこの国では一目瞭然《いちもくりょうぜん》で、それは全て髪の色に現れる。他国では髪の色ではわからないらしいので不便だと思う。

髪の色は属性を表し、色の濃さや輝きは魔力の量や強さを表す。

もちろん例外もあって、薄い色でも魔力が多いこともあるが、魔力が強い者同士では魔力の強さを感じ合うので不便はない。


王家は『金の一族』と呼ばれ、生まれてくる王族は全て金の髪だ。

金の一族は『聖《せい》』の魔法の一族だ。この国全域に聖なる結界《けっかい》を張り巡らし、戦いとなれば先頭に立って戦う。

どの一族も皆、そんな王家に忠誠を誓っている。

そんな素晴らしい王家だが、金の一族は血が受け継がれにくいのだ。

正確に言えば子供ができにくい。

金の一族は優性遺伝するらしく、どの一族と混ざっても金の一族として生まれてくる。

しかし、子供ができにくいため国王のみ一夫多妻制をとっている。それでも、一人も子供ができなかった王もいた。魔力の相性も難しいのだ。ちなみに、その時は王女の子供が王家を継いだと聞く。


この国には今、三人の王子がいる。

年頃も近く魔力も総じてみな強く多い。とても珍しい事態だった。三人の王妃がほとんど時を同じくして懐妊《かいにん》し、出産された。

ただ、どの王子も優秀だったため、王太子は決まらぬまま現在に至っている。

王宮で開かれたお茶会という名のお見合いに、五大公爵家から年頃の近い三人の令嬢が招かれた。

『赤の一族』『青の一族』、そして『銀の一族』の私だ。


銀の一族は基本的に、あまり領地から出てこない。私達が珍しいのか、皆がこちらを見ていて居心地が悪い。公爵で族長である父は、王都の家に住み王宮に勤めているが、他の銀の一族の人間は仕事以外で領地から出たがらない。

そして、それは国に認められていることでもあった。

銀の一族は劣性遺伝なのか、他の一族と混ざると銀の髪の子供は生まれにくい。ただし生まれて一代までは、銀の一族の『癒《いやし》』の力を強く持つことができる。

例えば、黒の一族と結婚して子供が生まれると黒髪の子供が生まれる。黒の一族の『闇』の力を持つが、同時に『癒』の力も一代は確実に使える子供が生まれてくるのだ。運が良ければ二代受け継がれることもある。

戦う力と癒しの力の両方を欲した他の一族は、こぞって『銀の一族』を望んだ。『銀の一族』が望まれる時代が続くと、急激に『銀の一族』は数を減らし、このままでは癒しの力を失うことに危機感を覚えた国は、『銀の一族』の保護を決めた。

そのため、銀の一族は基本的には領地から出ることはない。領地を離れる際は数年間だけ、夫婦単位で地方や王都の神殿や救護院で働き、また領地に帰るといった働き方をしている。

もしくは子育てが落ち着いた年齢になってから、当番制で地方や王都に働きに行くなどしていた。

それ以外はずっと領地内で働き、生きていくのだ。


そう、私は『銀の一族』なので王子の婚約者に選ばれなくても良いのだ。公爵家のバランスと魔力の関係で今回の婚約は逃《のが》れられないようだが、できれば正式な結婚は避けたい。

私は一族の中でも魔力が一番多く強い。

幼い時、事件に巻き込まれ魔力の暴発を起こしてしまった。前世の記憶が戻ったのもその時だ。

魔力の暴発が原因か前世の記憶が原因かは不明だが、その後は元々多かった魔力の量も魔力の強さもさらに増していた。

前世の記憶をもとに考えるなら、転生チートと言われる力なのか……。

今世の記憶をもとに考えるなら、一族の血の濃縮だろうか。

どちらにせよ、このままいけば将来は私が族長になるだろう。


万が一王子が私を求めても、私が望まぬ限り結婚することはないのだ。王家とも、裏でそう契約を交わしている。

王子が途中で他の婚約者を望むなら、白紙撤回すること。

特に希望がなければ、十七歳になる時点で五つ下の妹と婚約者を変更することが決められていた。

十七歳で私は次期族長候補として、正式に公爵位を継ぐため家に入るからだ。

その時点で私以外に族長にふさわしい者が現れれば、このまま婚約者として結婚するかもしれないが……。

乙女ゲームのような展開が待ち受けることになるならば、ヒロインが登場するため婚約者が一人減る可能性が出てきた。他の公爵家は娘を王家に嫁《とつ》がせたいのであろうし、私が辞退する契約はしてあるのですんなりことが運ぶかもしれない……。

そう考えていた私はその後、こんなことになるなんて想像もしていなかった……。

前世の記憶が目覚める時

チリーン
遠くで風鈴の音がする。
風が吹いている……。
夜の匂いを運んでくる冷たい風が、私の頬《ほお》を掠《かす》め通り過ぎていく。
風が当たるのはなぜだろう。
病院の窓を夜間に開けた人がいるのだろうか……？

身体《からだ》が熱くて堪《たま》らない。

しかし、いつもとは違う身体のつらさにふと違和感を覚えた。

いつも通りに右腕を上げようとしても腕が上がらない。不思議に思って腕の方を見ると、私の右手の上には、燭台《しょくだい》の光を受けて銀色にキラキラと揺れる、美しい髪の毛の男の子が見えた。

七歳くらいだろうか……泣き続けていたであろう目元は赤く腫《は》れている。そんな涙で濡れた顔に、サラサラストレートの髪がかかっていて邪魔《じゃま》そうだ。肩の辺りで切り揃《そろ》えられた美しい銀の髪だった。顔にかかる髪を直してあげたいが、私の右手は彼によってがっちりと掴《つか》まれていた。

そうだわ。……お兄様だわ。

意識を失う前の衝撃《しょうげき》的な出来事と、思い出した前世の十六年間に記憶が引っ張られてしまっていたようだ。

二つの記憶が溶け合って……自然と理解した。だって、どちらも私だもの。

この人はお兄様だ。一つ年上の過保護な兄だった。

その日は残暑の日差しが残る蒸し暑い日だった。朝から教会に、お母様とお兄様と五つ年下の妹と慰問に出かけていた。

予定していた教会の慰問を終えた時に、近くの教会で怪《あや》しい人影の目撃情報が出たうえに、その教会は建物の老朽化により警備上の問題があるという気になる話を司祭から聞いた。そのため急ではあったが、話に出た教会に寄ることになったのだ。

その教会に着いて建物の中に入った直後、妙な違和感を覚えた。ホールから扉《とびら》を出て生活棟に向かった時だ。黒ずくめの男達が大勢で、教会の子供達を誘拐《ゆうかい》しようとする場に遭遇《そうぐう》してしまった。

運良く私達が訪問したため、公爵家の護衛や我が家の護衛兼侍女達が応戦し、ことなきを得る……はずだった。

狙《ねら》いは孤児とはいえ、ここは『銀の一族』の領地だ。これまでもその力を狙う誘拐犯の数は少なくなかった。そのため誘拐犯も念入りに準備をしてきたようで、護衛と誘拐犯との間に圧倒的な力の差はあれど、数も多く誘拐犯の中には手練《てだ》れが数名いるようだった。

最後の悪あがきとばかりに暴れた誘拐犯の一人が、めちゃくちゃな魔法を四方八方に手当たり次第投げつけた。

魔法に驚いた馬が嘶《いなな》き暴れまわる。

目の前でおこる惨劇、砂ぼこりと血の匂いに身体が固まってしまう。

戦闘が続く混乱の中、建物の端にお母様とまだ一歳の妹がいた。私とお兄様は少し離れた場所にいたため、まだ幼いお兄様が必死に私を庇《かば》い、近くの木の影で抱きしめてくれていた。

お母様が妹を抱き抱え、護衛が暴れる馬に対応した瞬間だった。お母様と妹に、炎の魔法を纏《まと》った矢が向かっていくのが見えた。

まるでスローモーションのようだった。

矢がお母様の身体に刺さり炎をあげる。魔法の炎の勢いは強く止まらない。あっという間にお母様と妹が炎に包まれる。

「……あっ……あぁ……ああー」

言葉にならない声が漏れる。

果たして、私のものか、お兄様のものか。

その時、私は感情と共に魔力の暴発《ぼうはつ》を起こしてしまったのだ。

爆音と銀の光に辺り一面が包まれる。

銀の魔力は回復魔法特化だ。

お兄様の腕の中から、お母様と妹の姿を目の端《はし》に確認できたところで、意識を手放した。


その後のことは覚えていない。

あの時、視界の端に火傷《やけど》一つなく、髪の毛一本燃えた形跡のないお母様と妹をとらえた。たぶん、無事だろう。

ほぅっと息が漏れた。

このがっちりと掴まれた手は、お兄様が心配してくれた表れだろう。魔力の暴発と魔力切れを起こして生死をさまようことは、高位貴族の子供ではよく聞く話だ。

基本的な魔力量が生まれつき多く、かつ強かった私もお兄様も、暴発を起こさないための制御《せいぎょ》装置を着けている。

それを壊すほどの暴発を起こしてしまったのだ。

あの後どうなってしまったのか……想像することすら恐ろしい。

チリーン

遠くで風鈴の音がする。
でも、これは風鈴じゃない。
私は倒れていた間、懐《なつ》かしい夢をみていた。

前世

……リーン
チリーン　チリーン
ああ……風鈴の音が聴こえる。
この風鈴の音はお兄ちゃんのお土産《みやげ》の風鈴の音に似ている。
病院からお家に帰ってこられたのかな？
髪を揺らす風が生暖《なま》かいなんて久しぶりだな。
そういえば消毒液の臭《にお》いもしない気がする。

今年の夏はお家に一時退院できるかな？　って心配だったけど……。

帰ってこられたんだよね？

一度でいいから、近所の神社の夏祭りに行ってみたいな。

でも、もう目も開かないよ。

行ってみたかったな。お祭り。


お母さんの声が聴こえる。泣かないでお母さん。

お兄ちゃんも風鈴、たくさんありがとう。

お兄ちゃんは修学旅行のお土産に、とても可愛《かわい》い青いガラスのイルカがついた風鈴を買ってきてくれた。

ガラスの風鈴はチリチリとした小さな音が鳴る。


風鈴のガラスに窓の外から光がさして、青や透明な光が無機質な病室を、キラキラと輝いたものにしてくれた。

光がくるくるまわる。

透明な光と青く細長い形の光。

くるくるとまわって輝く、美しい光の影を一日中見つめていた。

朝の光は白く入り込み、まるで私が万華鏡《まんげきょう》の中に入り込んだように感じた。

昼は太陽が真上に昇りきって病室に光が直接入らないけれど、濃い影の中にうっすらとした、青の影が入り込む。

そんな時は、忍者が病室の中に忍びこんでいるように見えた。

夕方の西日が一番のお気に入りで、オレンジに透明に青に緑の光がくるくるまわる。

まるで宮殿のシャンデリアみたい！　なんて綺麗《きれい》で素敵なの！　私はお姫様になって、宮殿で踊る姿を夢みた。


病室のベッドの上で眺める風鈴からの光は私にとって、特別だった。その光でいつでも空想の世界に飛んでいくことができた。

お兄ちゃんからの初めてのお土産。

私が喜んだからって、その後はたくさんの風鈴をくれるようになった。……風鈴ばっかりこんなにいらないよ。病室には風が吹かないからね。鳴らないの。他の患者さんの迷惑になるから、鳴らしてもいけないと思うし。

南部鉄器の風鈴は、とても良い音がした。

あんまりに良い音でずっと聴いていたかったけれど、病室には置いておけないから、家に持って帰ってもらった。

お家に帰ってこの風鈴の音を聴くの楽しみにしてるね！　そのために頑張るね。

そういうと、お兄ちゃんもみんなも喜んだ。

風鈴は、もちろん好きだけど……お土産が嬉しかったの。

私のせいで旅行にも行けなかったもんね。

物心ついてから家に帰ったのは何回だろうか。


私はほとんどの時間を病院で過ごしていた。幼い頃から何度も手術をしていて、最近はベッドの上で起きあがるのもつらかった。

こんな私にとって、死は身近で魅力的だった。


この痛みがなくなる。

この胸の苦しさ、息苦しさを感じないということだ。

熱が出ると全身が重く苦しく痛みみたいに感じた。

ベッドから起きあがれない私は、お腹《なか》も空かない。

栄養状態も悪いため床擦《とこず》れができないようにと、看護師さんに促されながら身体の向きを定期的に変えるのもつらくなっていた。


それでも生きたかった。

学校にも行ってみたかった。

部活動にも入ってみたかった。

放課後、お友達と買い食いをするのも夢だった。

お友達や先輩《せんぱい》、後輩《こうはい》ができるらしい。

修学旅行やキャンプファイヤーなんてものをやるらしい。

旅行にも行きたかった。

自転車に乗ってみたかった。

外で走ったりもしてみたかった。

そして……恋をしてみたかった。

みんなみんな、夢にみていた。

いつかできるかもしれないと夢みて、つらい治療も手術も頑張った。

お父さんもお母さんもつらかったのを知ってるから、いつも「頑張るね」って笑うように心がけた。

お兄ちゃんも妹も私のせいで旅行も行けないし、お母さんが病院に来なくちゃいけなくて寂しかったと思う。

入院していない子供は小児病棟に入れないから、病棟側に私とお母さん。ガラスの向こうにお兄ちゃんと妹がいた。

このガラス一枚が、私には越えられない、何か大きな壁のようなものに感じていた。

小児科のガラス越しに、定期的に二人も御見舞いに来てくれていた。

優しい家族。

みんなの負担に気づいた時は、絶望した。

私がみんなの負担になっている。


私は十六年間、死を隣に感じながら生きていた。

だから、きっと普通とは違う感じに大きくなった。普通に経験できることができなくて、我慢と大人の顔色をみることを覚えていく。

大人の言うこともよく聴いているんだよ。

他の家族、面会の人、看護師さん、お医者さん、みんな直接私に関係ないと思って、子供だと思って油断して話している。

廊下の声もよく聴こえてる。

そこで私は家族の負担でお荷物だったことに気づいた。

たった一度だけ……十五歳になった頃かな。

一人だけ……病院で友達ができた。

同い年の女の子。彼女と喧嘩《けんか》……とは言えないかな。とにかく喧嘩して……。

私は何度目かわからない手術を受けるか受けないかの選択をしなくてはいけなくて……。

身体はつらくてつらくて……何もかも嫌で……。

「ずっとつらい治療を頑張っていたけど、私がいないほうが本当はよかったんだっ！」

って泣いたら、お母さんに叩《たた》かれた。

後にも先にも初めて叩かれた。

お母さんも、そこにいたお兄ちゃんも泣いていた。

その時のことは今でも後悔してるけど、それからみんな必ず抱きしめてくれるようになった。

本当はちゃんとわかってた。

こんな私でも家族はみんな愛してくれていた。

だから、私も気持ちが伝わるようにいつも抱きしめかえした。


そして……もうダメなこともわかっていたんだ。


少しでも元気のあるうちに何回か手紙を書いた。

十六歳になれて嬉《うれ》しかったことから書きだした。

明るい話題から始めたかったから。

書いては消して、書き足して、書けなくなるまで書いていた。

みんなに口では言えなかったたくさんのありがとうの気持ちを込めた。

しあわせだったこと。

悲しまないでほしいこと。

家族みんなに、一人一人に書いた。

唯一の友達にも書いた。

チリーン
チリン　チリ　チリ

お兄ちゃんの風鈴の音。やっぱり大好き。

やっぱりここはお家だ。最後にお家に帰ってこられたんだ。

お母さんお父さんお兄ちゃん妹、みんなの顔はもう目があけられないから見えないけど、私を呼ぶ声は聴こえるよ。

今も聴こえているよ。ありがとう。

伝わるといいな。

……ありがとう。

笑えているといいな。

「お姉ちゃん笑ってるね」

妹の声がする。よかった。笑えてた。

神様っているのかな？
このお別れでみんなが悲しまないようにしてほしいな。
素敵な家族に巡り合わせてくれてありがとう。

ああ、どこも苦しくない。

みんなが近くにいるのがわかる。
ありがとうって伝わってるね。きっと。
手紙いらなかったかな？
でもいいか。ありがとうがたくさん伝わるといいな。
お父さんが、私の名前を呼んでる。
声の方に向きたい。
みんなの声が遠くになってしまう。

風鈴の音も、いつの間にか聴こえなくなっていた。

目覚めてから

昨夜のうちに目が覚めたにもかかわらず、前世の記憶を思い出したためか、情報量に頭がついていかなかったのか……あの後またウトウトしてしまったようだ。

お兄様がピクッと身体を揺すり身動《みじろ》ぐ。

その振動で再び目が覚めた。

そして、お兄様を見ると目が合う。にこりと笑うと、目の前のお兄様が大きな瞳《ひとみ》をさらに見開いたと同時に、みるみる涙が瞳に溢れて、零《こぼ》れた。

「リリィ……ううっ……リリィ……良かった……よかっ………た」

優しくて、勇敢に私を守ってくれたお兄様。

魔力の暴発は私のせいなのに、責任感の強いお兄様は自分を責めてしまったのね……ごめんなさい。お兄様。お顔は涙でぐしゃぐしゃになっていても、その美しさは損《そこ》なわれない。とんでもない美少年だ。

七歳のお兄様には誘拐犯から自分を守ることだけでも大変なのに、私を守ろうとしてくれたなんて……素敵すぎます！

「お兄様。私を守ってくれてありがとう」

そう言ってお兄様にギュッと抱きつき、二人で泣いていた。

私が目覚めたことに気がつき、メイドが慌《あわ》ててお父様やお母様のもとへ走っていった。

「リリアーナっ!!」

すぐにお父様とお母様が駆けつけ、遅れて主治医もやってきた。

診察を受け、目が覚めたのならもう問題はないでしょうと言われると、お父様もお母様も私を抱きしめて泣いていた。


魔力の暴発が起こったことにより、大怪我《おおけが》を負うはずのお母様と妹は怪我一つなく無事に助かった。

あの場にいた誘拐犯のうち、近くで暴発に巻き込まれた者は、全て消えてしまった。

過ぎる治療は細胞を壊してしまうのだ。身体を守るはずの免疫《めんえき》も過ぎれば攻撃となる。

活性化され過ぎた回復術は、自己の細胞を攻撃してしまう。ここまで大きな暴発の場合、巻き込まれた犯人達は自己免疫により溶けてしまったのではないか、というのがお父様の見解だった。

魔力の暴発は基本的に暴走なので、誰彼構わず被害を受けるモノらしいのだが、私の意識が残っていたためか(転生チートのせいかと私は思っている)敵か味方か無意識に判別できていたようで、こちらには被害はなかったとのことだった。

……むしろ、すべての怪我が治りみんな興奮状態だったらしい。

やだ、それも怖い。

そして犯人達は私から遠くにいた人以外、文字通り消えてしまったので、生き残りが少なく黒幕を見つけるのが難航しているそうだ。

私はあの事件から、三日間も眠ったままだったらしい。

あの時お兄様が私を抱きしめて守ってくれていたためか、私自身も魔力の暴走による身体的な損傷は見られなかった。ただし、精神的な影響は計り知れないとのことで、目覚めるまで皆にとても心配をかけてしまったようだ。

お父様は王宮に出した早馬《はやうま》で事態を知り、全ての仕事を放棄して領地の家に帰ってきてしまっていた。お母様は自分が悪かったのだと泣いて、元々儚《はかな》い見た目だったのがさらに小さくなってしまっていた。特にお兄様と私の専属侍女のマーサは、ほとんど眠らずに私に付き添ってくれていたらしく、憔悴《しょうすい》していて申し訳なかったが……。

「お嬢様！　なぜ私がお側にいない時に目覚めるのですか！　私がどんなに心配したか！　ああ！お嬢様っっ‼　良かった！」

お父様が眠らないマーサを無理やり部屋に下がらせた後に、私が目覚めたと知った彼女は理不尽《りふじん》にプリプリ怒り出したり、オイオイと泣き出したりと大騒ぎだった。……そんな彼女を見ているうちに、皆に迷惑をかけて申し訳ないと思う以上に大切にされていると感じて、また嬉しくなった。

そして目覚めた私がお兄様にこれまで以上に過保護に扱われ、逃げ回るようになるのも……時間の問題だった。

家族で夕食を終えた後、自室に繋《つな》がる個人のバスルームで侍女のマーサに隅々《すみずみ》まで洗われ、何かを塗りたくられマッサージされ……満身創痍《そうい》である。これがこんな六歳の子供にも施されるなんて……貴族ってすごい。記憶の中の私も普通に受け入れていたのが、不思議に感じる。

侍女に身の回りのお世話をしてもらうことは、看護師さんやお母さんが病院で洗ってくれたのを思い出すけれど……なんか違う。

いや前世でも一般的には、六歳ならば親に世話を焼いてもらっている時期なのかな……深く考えないことにした。ここではこれを受け入れるだけだ。

贅《ぜい》を尽くした可愛らしい鏡台の前に座らされると、髪を一瞬で乾かす魔法が使われる。便利すぎて言葉にならず、ただただ眺める。

「お嬢様の髪は本当にお綺麗ですね」

マーサは嬉しそうに笑いながら、丁寧《ていねい》に何かのオイルを髪に塗り込んでいる。

鏡の中には、まるでお人形のように美しい少女が映っている。

侍女によって梳《と》かされる銀の髪は、胸の下辺りまでまっすぐに伸び、髪が自ら耀《かがや》いているように感じるほどに美しい。

菫《すみれ》色の瞳は、紫《むらさき》水晶のように澄んでいて神秘的な耀きを帯びていた。瞳は瞬《まばた》きしたら、水晶が零れ落ちてくるのではないかと思うほどに大きく美しい……。

まだ子供なので瞳の部分が大きく、可愛らしさも感じるが……美しさがすでに際立《きわだ》っている。

白い肌にふっくらとした子供特有の頬、唇《くちびる》はぽってりと赤く色づき、小ぶりだが形の良い鼻。すらりとした手足は白く儚く見えるが、以前の病的な私の手足とは違いしっかりと歩くことができるものだった。

全体的に華奢《きゃしゃ》で儚く、この世のものとは思えず消え入りそうな印象であったが、私はこの身体が健康で強いことを知っている。

前世の自分の姿を、こんなふうにまじまじと見たことはなかった。鏡を見る機会が少なかったこともあるけれど、意識して見ないことが多かった。薬の副作用で顔が浮腫《むく》んでいたり、食べられなくて頬が痩《こ》けていたり……見たとしても、自分の顔が自分でもよくわかっていなかった。

だから以前の容姿もあまり記憶にないし、今の容姿にも違和感があるとかもない。これはこれで良かったかもしれない。これが私だと言われたら、「そうなのね」と受け入れられる。なにせ、お兄様とお母様にそっくりだったたから。

ぼーっと鏡を見ていたら寝支度が済んだのだろう、マーサにベッドに連れていかれ強制的に眠らされた。

目覚めてからもう三日は経つが、やはり身体は疲れるのか……六歳児だからなのか、すぐに眠ってしまった。

お父様は放棄してきた仕事があるため、翌朝には王宮に向かうことになっていた。

「リリィの方が大事だよ。私の仕事は大丈夫。それに、私の力がリリィに必要だったからちょうど良かっただろう？」

お父様はそう言ってウィンクをする。お父様もかなりのイケオジだ。けれど癒しの力を纏めるお仕事は、忙しいことくらい私だって知っていた。

一族の中で癒しの力が一番強いお父様が『自分の娘に使えなくて何のための力だ』と……伯父《おじ》様にとりあえず一週間休むと話をつけて、すぐに王宮を飛び出してきたらしかった。今頃、伯父様は困っているに違いない。

確かにお父様が帰ってきてくれて本当に良かった。

まさか目覚めた私の魔力が今まで以上に……個人で持てる力なのかと思うほどに強くなるとは、誰も思っていなかった。

もともと私もお兄様も、お父様に負けず劣らずの魔力量を持っていた。生まれてすぐに魔力封じの指輪をはめて、周りにバレないように、そして暴発させたりしないように気をつけてくれていた。次期族長になるだろう子供に、取り入ろうとする者がいないとは限らないし、狙われやすいのだと小さい頃から口が酸っぱくなるほど言われていた。

……あのまま行けば、私かお兄様のどちらが族長になってもおかしくなかった。

しかし、今は間違いなく私が次期族長の候補だろう。

今、私の魔力は以前の倍以上に増えていた。……いや、正確にはもっとだろう。

今までつけていた最上の魔力封じの指輪をさらに二つ追加し、同等のペンダントまでつけているのに、魔力封じしてない『魔力の高い令嬢レベル』の魔力がある。五倍はあるかもしれない……。

そんな私の異常事態にいち早く気づいたお父様が、持っている最上級の魔力封じのアクセサリーをつけてくれたのだ。


この魔力封じは王家の『聖』の魔法が込められていて、とても素晴らしい品だ。

王宮で働き、五大公爵家の当主で『癒』の魔法の第一人者でもあるお父様は、養護院や救護院の管理もしていて、魔力封じのアクセサリーも専門ではないがいくつか取り扱っていたのだ。

私の魔力量について思うところがあるのか……。

その後は眉間《みけん》に深い皺《しわ》を作ってずっと難しい顔をしていた。

馬車まで見送りに出れば、名残惜《なごり》しそうに抱きしめてくれ、頬を合わせてスリスリしてきた。なんだかくすぐったい。

それを見ていたお母様に笑われていたが、お父様は満足そうに笑っていた。

お母様そっくりな私をお父様はとても可愛がってくれている。

「いいかい。今知っている者以外に、お前の力のことを気づかれてはいけないよ。気をつけるんだよ。エリー、母として子供達を頼んだよ」

お父様は真剣な顔でそう言ってから馬車に乗り込む。

そして、少し悲しい顔で王宮に帰っていった。

「……やぁなの。マーちゃん。おねむないの」

今にも閉じてしまいそうになる瞳を小さな手でゴシゴシと擦《こす》りながら、末の妹であるマルティナは眠くないと主張する。ふくふくとした丸い頬は眠くて赤くなり、イヤイヤしながら膨《ふく》らませている。その場にいる全員が、その愛らしさに笑顔を零した。

もうすぐ二歳になるとはいえ、まだ一歳だ。幼い妹は、お昼を食べた後から眠気と戦っていた。

私の膝《ひざ》に寄りかかり、眠くないと主張する妹の背を優しくトントンと叩く。よほど眠かったのか、膝に感じる体温はいつも以上に暖かい。するとすぐに、すうすうと可愛らしい寝息が聞こえてきた。

手には、午前中に三人で一緒に作った花冠が、ギュっと握られたままだった。

「マルティナは、よっぽど楽しかったんだろうね」

お兄様は妹の頭を撫《な》でながら、眠っても離そうとしない花冠を見ていた。そよそよと吹く風が、妹の頬にかかる髪を揺らしている。静かで穏《おだ》やかな時間が流れていく。妹が完全に寝ついたのを確認すると、お兄様は乳母《うば》に目線を送った。乳母は静かに妹を抱き上げ、音もなく部屋へと帰っていった。

妹を見送る視線のその先に、いつの間にか執事が控えていた。

「もう、そんな時間か」

そう言いながらお兄様は立ち上がり、私の方を振り向き真剣な顔で言う。

「いいかい。リリィ。私は剣の稽古《けいこ》に行くけれど、お庭から出ちゃだめだよ！　私たちの見える所にいてね！　マーサからも離れないでね！」

「はい。お兄様。一緒にピクニックしてくださってありがとう。楽しかったです！」

「私も楽しかったよ」

ギュっと抱きしめてくれた後、「あぁ……心配だなぁ～」とぼやきながらも、屋敷の方に歩いていくお兄様を見送る。

「うふふ。お兄様ったら、心配性《しょう》ね。屋敷の敷地内だもの。心配なんてないのにね？　ね？　マーサ」

「いいえ！　まだ安心できませんからね！　お嬢様が目覚めてから、まだ日にちがそんなに経《た》っておりませんよ！　何かあったら困ります！」

二人とも過保護に磨《みが》きがかかってしまったけれど、私の心配をしてくれているんだし、そのうち安心するかな？　と楽観視している。

今日は朝からお弁当を作ってもらって、裏庭で簡易ピクニックをしていた。

お兄様はなぜ裏庭でピクニックなんだ⁇　と不思議顔であったが、敷地内だし一緒に行くことに不満はなさそうだった。

まだ暑さが少し残るが、日差しにも少しずつ秋の訪れを感じる。木々を優しく揺らす風も涼しげで心地よい。裏庭の大きな樹の陰に敷物をしいて、お兄様や妹が戻った後もマーサとお茶を楽しんだ。

「お嬢様、嬉しそうでございますね」

「そうなの。お兄様やみんなと一緒に、ピクニックがとてもしたかったのよ」

私は本当に、嬉しくて嬉しくて仕方がないのだ。

ピクニックは憧《あこが》れのひとつだった。

やる前、本当は『なぜお外でわざわざお弁当を食べるんだろう？』と思っていた。

だから、一度でもいいから体験してみたかったのだ。

実際はどうだろう。

お兄様とマーサに約束をとりつけてから、今日が待ち遠しくて待ち遠しくてたまらなかった。お母様はご用事があったけれど、妹も来ると聞いてまた嬉しくなった。どんどんと楽しみが積み重なっていくような、そんな感じがした。

昨夜は、興奮して寝つきが悪かったくらいだ。

朝から厨房《ちゅうぼう》に行ってお弁当ができたか何度も確認してしまった。

そして裏庭で食べたお弁当の、美味《おい》しいことといったらなかった。あまりに私が嬉しそうにしたせいか……お兄様が冬までの間ならば、また定期的にピクニックをしてくれると約束してくれた。

嬉しい！

お外で食べるご飯って楽しい。

いつもの何倍も美味しい。

次はお母様も一緒に誘って食べたい！

お日さまの下で、風を感じて木陰にいる。

手を伸ばせば芝生に触れる。チクチクする。そして、ちょっとだけ濡れてる。

そんな一つ一つがとても愛《いと》しく、私に命の喜びを教えてくれた。


それから体調も特に問題なく、暴発による影響は心配ないでしょうと主治医にもお墨付《すみつ》きを貰《もら》った。主治医の許可を貰った私は、お庭に出て咲いているお花を見たり、庭の芝生を駆け回ったり、前世でできなかったことを一つずつやってみた。

芝生を走った時は、身体が軽くて驚いた。心臓も全然痛くならない。嬉しくて、はしゃいだ私は走り回り過ぎたのか……最初はニコニコ見ていたお兄様に『淑女としてよろしくない』と怒られた。

マーサは転んだり、日よけの帽子を飛ばしたりしなければ、基本的には静観の構えだ。


毎日がとても耀いていた。

魔法の勉強はお兄様と一緒に学ぶことができるから、とても楽しかった。ときどきは妹と一緒に遊んだり、妹のお世話をしたりするなんてことが、私にもできた。

淑女教育の家庭教師の先生は厳しいけれど、真面目《まじめ》にやると褒《ほ》めてくれるので好きだった。

一般教養もこの国の歴史も、学べることは全て楽しかった。

銀の一族のことも、この時に初めて詳《くわ》しく学んだ。

私が一族の長になるだろう。私にも使命ができた。役に立てるんだと感じて嬉しかった。

いつか、一族の中で素敵な恋をしてみたいな。

お父様が、政略結婚を持ってくることは考えにくいけれど……政略結婚も公爵家として絶対ないとは言えない。

せめて初恋が……してみたいな。

と、一人で考えて赤くなっていたら、マーサに熱を測られた。

私の乙女心が傷つくので、そこはそっとしておいてほしかった。

初恋は『相手』が必要だからどうしようもないが……それ以外、私は毎日を楽しんだ。


少しずつ秋も深まってきて、庭の木々も紅葉していた。

お兄様とマーサと今日もピクニックデーだ。木陰に吹きつける風は、段々冷たさを含んできていた。そこに、庭師のビリーが近づいてきた。

「お嬢様、先日お願いされたモノですが、試作品ができたのでお持ちしました。……いかがですか？」

「リリィこれは何？」

「お兄様！　これはブランコです！　この樹のあの太い枝にくくりつけて、ぶら下げます。ビリー、この樹に付けてくださる？」

ビリーは頷いて、樹に太いロープをかけてブランコを設置してくれた。ビリーが取り付けをしてくれている間に、お兄様にブランコの絵を見せた。ビリーに見せてお願いした絵だ。

見た目は私の理想的なモノだった。

試しに乗るから、見ていて！　と意気込んだらお兄様にもマーサにも止められた。

しょんぼり。

とりあえず、試しにマーサが乗ってみせることになった。ぶらーん。ぶらーん。と漕《こ》ぐとマーサも何だか楽しそうだった。耐久性の確認がとれたから大丈夫！　と私も乗ってみた。

ブランコで風をきるのは、とても気持ちがいい。

私もブランコに乗るのは初めてだったから、楽しくて我を忘れて漕ぎ続けてしまった。気づくとお兄様も乗りたそうなので交代した。

しばらくすると、どうやって遊ぶのか見ていたビリーと、遊んでいたお兄様の二人で改善点などを話し合っていた。バランスがとか、安全性がとか、二人で意見を出しあっている。何だか楽しそうだったので、放っておくことにした。

この日はその後ずっと、私とマーサでブランコに乗って楽しんだ。

二日後、朝食を終えたお兄様が、お母様や妹と一緒に庭に来てほしいと私達の手をひく。お兄様のこういった行動は珍しいので、お母様と顔を見合わせながらついていった。

「見て！　リリィから聞いたブランコを私とビリーで作りなおしたんだ！」

庭に出ると、お兄様とビリーで新たに作り上げたという、とっても素敵なブランコが出来上がっていて驚いた。お兄様はお母様に「固定部分の安全性にはね……」と、どんな魔法で固定してあるのか、どれだけ安全な物が出来上がったのかなどを、一生懸命説明していた。私はそれよりも、この白く可愛らしい形をした新しいブランコに感動していた。

「お兄様！　乗ってみてもいい？」

「もちろん！」

私は妹を膝に抱えて一緒に乗った。初めてブランコに乗った妹も、きゃっきゃっと大喜びだった。揺られながら横を見ると、お兄様もお母様もみんな笑顔でこちらを見ている。抱きかかえた妹と一緒に感じた風と胸に直接伝わる温かさは、私の心までも大きく揺らした。

その日はずっと、ブランコの揺れる音と笑い声が庭から消えることはなかった。

あの時間と、このブランコは今でも私の宝物だ。

森の泉にて

それからしばらく経ってもお兄様とマーサの過保護は、なかなか直ってはくれなかった。特にそのことに大きな不満はないけれど……。

せっかく健康な身体なので、いろんなことを試してみたかったのにな。と少し残念な気持ちがあったのは確かだった。

季節は完全に秋になり、頬にあたる風も冷たくなっていた。私はバルコニーに出て外を眺めていた。淑女教育の授業が終わり、一人で部屋に戻ったところだった。

マーサは他の侍女達と何かをやっているようだ。お兄様は今日、執事と一緒に領地の救護院へ視察に行っていた。

「私も一緒に行きたかったな」

ぽつりとこぼした愚痴《ぐち》が、より寂しさを誘う。

寂しく感じるのは秋のせいなのか、過保護に一緒にいてくれるお兄様もマーサもいないからなのか……。

ぼんやりとそのまま裏庭を眺めていた。

すると裏庭から見える森の奥の方から、何か感じる。

何だかわからないけれど、助けを求められているような……？

不思議な感覚だ。

なんだろう。胸がどきどき、ざわざわする。

近くにあったストールを手に、部屋から出てそっと屋敷を抜け出した。

この時マーサを呼ばなかったのは、過保護に対する少しの反抗と、感じていた寂しさからだったのか……。

それとも、大丈夫という確信か……。


屋敷から出ると急いで裏庭を抜ける。そして、裏庭には屋敷の敷地を抜けるための秘密の生垣《いけがき》があって、お兄様と一緒に何度かこっそり森へ行った秘密の道だった。そこを通り抜けて裏の森に入る。

ここをまっすぐに行くと、森の泉がある。

森の泉は、本当に美しい場所なのだ。美しい季節の花が咲き乱れ。緑が深く、妖精や精霊がいると言われても納得してしまうような美しい場所だ。

我が公爵家の敷地の裏にあって、人が入れないようにされているので、きっと何かわけがあるのだろう。

ドキドキが治まらないまま、森の泉に到着した。

ハッと息がつまる。泉の縁《へり》には、茶色のキラキラ耀く髪の男の子が倒れていた。

茶色の髪は『茶の一族』だ。森の管理の者だろうか？　それとも……。

とにかく、何かあったのかもしれないと近寄って声をかける。

「大丈夫ですか？」

「……うっ………」

良かった。かなり弱ってはいるようだが、意識もギリギリあるみたいだし、大きな怪我も見当たらない。これなら大丈夫ね。ほっとして息を吐いた。

それでも、このままここで倒れていたら森の魔物か獣《けもの》に襲われかねない。

「治療魔法をかけますね。………えっ？　………⁇　これは………」

治療魔法をかけようとして気づく。この男の子の基本的な衰弱の原因は、『毒』と『呪《のろ》い』だ。

毒も呪いも面倒事の匂いしかしない……。

どうしたものか一瞬悩んでしまった自分が恥ずかしい。

同じ年くらいのこの子が死んでしまっていいはずがない。何か事情があるにしても、助けてあげたい。

私は大きく息を吸ってから、指輪をひとつ外してポケットにしまう。

男の子を簡単な風魔法で浮かせ、泉の柔らかな草の上に移す。

そして一番進行していて、かつ面倒な毒の治療から始めた。

命を脅《おびや》かしている毒の種類がわかれば、解毒《げどく》もよりスムーズだが……ここまで進行しているうえに、いくつもの毒の影響があるようだった。それに、たくさんの毒の耐性をつけていたことも解毒を阻《はば》む一因だった。

面倒なので全て解毒してしまうと、それまでにつけていた毒の抗体も消してしまう。

そんなつらい思いをしてつけた耐性を解いてしまうわけにはいかない。

男の子の胸の上に手を当てて、私の魔力を流し毒を探《さぐ》る。

思ったよりも時間がかかってしまったけれど……見つけた、いくつかある毒の治療を開始する。


「見つけた」


解毒をしながら、身体の状態を診《み》ていく。

……内臓もだいぶやられている。毒によって爛《ただ》れたり、出血したりと、かなり酷《ひど》い状況がみえた。とてもつらかっただろう。

私自身が経験した、合わない薬の副作用で潰瘍《かいよう》ができたり、浮腫んだりしてしまった時のことが思い出された。この男の子よりもずっと小さな範囲の損傷だったと思う。それでも、とても痛かったし、吐いたり吐血したりと痛くて苦しかった。あの時ですら、あんなに痛かったのだ。身体中の毒の侵襲《しんしゅう》をみて、どれほどの激痛なのか……想像するだけでもつらい。

激しい痛みを伴う身体で森の奥まで歩いてきたために、痛みで気を失ってしまったのかもしれない。この子の受けた痛みと、それに耐えた時間を思い涙が流れ落ちてしまう。

せっかくなので、治療した毒の耐性分を残しておいた。これで、同じ毒に侵されることもないだろう。内臓の損傷も同時に治していく。解毒と損傷治療で体力が削られてしまうだろうから同時に体力の回復も試みる。

いくつもの高度魔法を同時に使用したせいか、疲労感が全身を襲う。集中力を切らしたら、彼はもう助からないかもしれない……ここで諦《あきら》めるわけにはいかない。

ぽたり、汗が落ちる。

どれだけ時間が経ったのか……もう時間の感覚も指先の感覚もない。

「…………ふぅ。……良かった。うまくいったわ」

本当に良かった。ぱっと顔をあげると、男の子と目が合った。

「…………女神……なのか？」

男の子の黒い瞳は一見するとオニキスのように見えるけれど、よく見ると青く光っている。まるでブラックラブラドライトの石のような美しい耀きの瞳に、思わず目を奪われた。

いや、瞳だけではない。こんなイケメン見たことない……。まるで妖精か天使か……彫刻のようだ。

私がその不思議な黒く、そして青に耀く瞳や顔に見とれていたため、男の子が再び話し出した。

「女神様、私の治療をありがとうございました。あの毒の治療は救護院でも治せず、ここに解毒の薬草があるらしいとの噂《うわさ》を頼りに来てしまいました。まさか、女神様に治療していただけるとは……」

男の子は身体を起こして頭を下げた。

「あの……ごめんなさい。私は女神様ではないの。この近くに住んでいる普通の……ちょっと治療魔法が得意なだけの人間だわ」

私は慌てて誤解を解こうとして、変なことを言ってしまった。あの種類の毒を消せるのは……普通の人間ではないわよね。

「でも……間に合って良かったわ」

と、にこりと微笑《ほほえ》めば男の子は下を向いてしまった。

「それでも本当にありがとう。一縷《いちる》の望みをかけてここまで来たが、実際に解毒できるとは思っていなかったんだ」

「本当に良かったわね。あと……今すぐ、その呪いも解いてあげたいんだけど……。それ、明日でも良い？　ごめんなさい。毒の解析に少し時間がかかってしまって……。そろそろ戻らないと、抜け出したのが見つかってしまうの」

申し訳なくてしょうがないが、ここで見つかってしまったら二度と抜け出したりはできなくなってしまうだろう。

とりあえず、呪いに関しては命の危険も今すぐにはなさそうなので明日以降にお願いした。

男の子はさらに驚いたように目を見開いたが、明日でも明後日《あさって》でも私が来るまでここで待つと言ってくれて安心した。夜は危ないから帰るように言い含めて、私は急いで家に向かって走っていった。

その後ろ姿を、彼がずっと見ていたなんて気づきもせずに、ただひたすら家に急いで戻った。

秋は日が落ちるのが早い……いや、思ったよりも解毒と回復に時間がかかってしまったということとだろう。

私は一生懸命、屋敷に向かって森を走りぬける。

まだ半分といったところで、正面にお兄様が見える……。

ああ……嘘《うそ》でしょう……。

怒られるわ……。

「みんなにバレる前に戻ろう！　急ごうっ！」

さすがお兄様‼

息も切れ切れに走って屋敷の敷地内に入ると、お兄様が先に屋敷に向かう。

「私が先に行くから、息を整えてからおいで」

お兄様は鍛《きた》えているせいか、もう息も整っている……。すごいわ。私は呼吸を整えながら、屋敷に向かった。

お兄様と庭で散策していたことになっていたようで、屋敷内はいつもと変わらない様子だった。

ただ……私の部屋に一緒に入ってからのお兄様のお顔が……とても怖かった。

「リリィ。ちゃんと説明してくれるよね」

「………………はい」

「その前に指輪をきちんと嵌《は》めて。魔力が溢れてしまうからね。ただ……今日はそのおかげで、リリィがどこにいるのか何をしていたのか、感じることができたんだけどね。僕はどうやら、感知の力が強いみたいなんだ」

そうか、それでお兄様が森へ来ていたのね。

そしてお兄様！　怒りのあまり『僕』になっちゃってます。いつもはきちんと意識して『私』と言うお兄様だけれど、たまに感情的になると『僕』が出てしまう。

「でも家に帰ってきて姿の見当たらないリリィの魔力を、森で感じた時は凄く驚いたから、一人で無茶《むちゃ》をするのはやめてね」

「本当に心配をおかけしてごめんなさい。お兄様。実は……」

お兄様もマーサもいなくて、寂しかったからバルコニーから森を眺めていたこと。

森から、助けを感じたこと。

なぜか、大丈夫だという確信があったこと。

まっすぐに森の泉へ行き、そこでたぶん『茶の一族』だろう男の子が倒れていたこと。

その男の子を治療しようとしたら、『毒』と『呪い』にかかって命を落としかけていたこと。

とりあえず、今日は毒だけ治療してきたこと。

明日以降『呪い』を解いてあげたいと思っていることを簡単に、でも偽《いつわ》ることなく伝えた。

もちろん、なぜ大丈夫だと思ったのか、なぜ助けを呼ばれたと感じたのか……わからないことはわからないまま、伝えた。

お兄様に嘘はつきたくない。


「そうか………」

お兄様は怖い顔から、何かを真剣に考える顔になっていた。

うーん。お兄様は本当に七歳なのだろうか？　大人だわ。私が迷惑とか心配をかけすぎてしまったから、こうなってしまったのかしら？　明後日の方向に考えを飛ばしていたら、お兄様は急に顔をこちらに向けた。

「リリィ、明日は私も一緒に行くね。一人で行ってはダメだからね」

「はい。お兄様が一緒なら、安心です！」

行ってはダメと言われなくて良かった。お兄様はまだ何か考えこんでいる様子だったが、夕食の支度ができたとマーサが呼びに来たので、一緒に部屋を出た。


夕食を終えマーサや他の侍女によって寝る支度が整えられ、部屋で一人になった。

今日は一日、いろんなことがあった日だったな。

ふと、バルコニーの方へ足が向いてしまう。

もう外は冷たい風が吹いていて、ストールを一枚羽織《はお》っただけでは寒さを感じた。

あの男の子は大丈夫だろうか？　まさか、まだあそこにいるのではないだろうか。お家に帰れたかな？　解毒はできたが、体力や内臓は大丈夫だろうか……。

あの時の、死にかかっている顔が忘れられない……そして、助かった時の顔も、あの宝石のような瞳を見た時のことも………。

助けられて本当に良かった。

男の子の瞳に似た夜空を見ながら、彼の名前すら聞いていない事実に打ちのめされるのは……その数分後だった。

ランスロットの心配

今日は領地内の救護院に視察に来ていた。リリィも一緒に来たがっていたし、リリィが一族の長になるならば一緒に来るべきだったのだけれど……。

僕は……本当はまだ怖いんだ。

お母様と妹が死にかけたのも、リリィの魔力の暴発でリリィを失いかけたことも…………。

特にこうやって出かけると、まだあの日のことを思い出す。

だから、リリィには安全な所にいてほしい。

僕の目の届く所にいてほしい。

ずっとなんて無理なのはわかっているから、せめて今だけでも、僕に守らせてほしい。

気づくと、リリィやお母様や末っ子のマルティナのいる場所を探していた。毎日そんなことに魔力を使っていたせいか、生活魔法の『探索・検知』の能力がかなり高くなってしまっていた。

特にリリィは、リリィの魔力を感じるから見つけやすい。

正直とても助かる。リリィを感じていると安心する。

今日は一緒に視察に来られなかったから、きっと拗《す》ねるか寂しがっているだろう。お土産のお菓子を買って、家に急いだ。

家に近づくにつれて違和感を覚える。

……リリィが屋敷を出ている？

途中で魔力制御の指輪を外したであろうことはわかった。そこから、かなり高度な魔法をいくつも同時に使っているようだった。

まさかリリィが、こんなにも凄い魔法を……しかも同時にいくつも使用できるなんて！　僕くらいの魔力量を超えてこないと、魔力量の多いもの同士の感知は働かないようだし、今は近くで感知される危険はなさそうだが……むやみに力を使ってしまうリリィが心配だった。

馬車の中では、心配で心配でヤキモキした。早く家に着いてほしいと切実に思っていた。

やっとの思いで家に着くと『リリィと裏庭で散策しながら今日の視察について話してくるから邪魔しないでね』と家令と侍女達に言って裏庭に急いだ。

例の抜け道を通りリリィのもとへ急ぐ。

森の途中でリリィに会えて、顔を見て安心した。

涙が出そうだ。

「みんなにバレる前に戻ろう！　急ごうっ！」

兄として、泣くのは恥ずかしい。誤魔化《ごまか》すように急いで駆け出した。

その後ゆっくり、リリィに今日あったことを聞いた。

まずは助けを呼ばれたと感じたこと。

大丈夫だと確信があったこと。


ここだ。

僕のように血の繋がりがあり、いつも魔力を感知し、さらに高濃度魔力保持者であるという条件下ならば、感じ合うこともある。しかし、そうでない場合…………。

リリィの運命の相手の可能性も否定できない。

運命の相手は、魔力で引き合うらしいのだ。

半分くらいはおとぎ話のようなもので、出逢《であ》う確率はかなり低い……だから、大丈夫だと信じたいが…………。

万が一にも運命だとしたら大変だ。明日は必ず僕も確認に行かないと。

それにしても……その男の子はただの『茶の一族』なのだろうか……。

その子には『毒』や『呪い』を受けるだけの何かがあるのだろう。

『茶の一族』は、土の魔力を有し、数も多く素朴《そぼく》で純粋な一族だ。庶民《しょみん》で魔力保持者の多くは、茶・緑の一族の者が多い。

『緑の一族』は風の魔力を有している。こちらも数が多く、この二つの一族は、農業や鉄鉱業や林業に魔力を使って生活している。茶の一族の族長は、確か辺境伯《へんきょうはく》で国境の壁を作れるほどの魔力の持ち主と聞いたことがあった。その関係者だろうか……でも、毒や呪いを受ける何かがあるとは考えにくいな……。

考えても謎《なぞ》だらけで、深夜まで色々調べたが特に有益な情報を得ることはできなかった。

次の日、お兄様と一緒に『裏庭で二人でピクニックする』と言ってお昼前に森の泉へ向かった。

お兄様は朝、剣の稽古を終えてからの合流だからか……なんだか少し疲れて見えた。

森の泉まで走っていく。

男の子は泉の側《そば》にある木陰に座っていた。座っている姿も絵になる。私達を見つけると立ち上がって近寄ってきた。

顔色も良さそうに見える。

治療がうまくいったんだと確認できてやっと、ほっとした。

「こんにちは。体調はどう？　大丈夫？」

「ありがとう。本当に楽になったよ。今日も来てくれてありがとう。奇跡が起きたと思ったけど……やっぱり君は夢で、女神様だったんじゃないかと心配していたところ」

そう言って男の子は笑っていた。

美少年はお兄様で慣れていたけれど、彼は違う種類のイケメンだわ。

「そうだわ！　こちらは私の兄でランスロット。昨日、お家の皆にバレないように協力してくれたの。だから、今日も来られたのよ。それから私ったら、昨日はバタバタして名前も伝えなくてごめんなさいね。私はリリアーナよ」

「僕はクリスだ。ランスロットも心配して付いてきてくれたんだろう？　ありがとう。リリアーナ、僕こそ昨日はきちんとお礼しなくてごめんね。本当に助かったよ。なんてお礼をしていいのかわからないくらいだよ。感謝してもしたりないんだ」

「クリス、私達は誰かに見つかるとここに来られなくなってしまう可能性が高いんだ。早く『呪い』を解いてしまった方がいい。私も協力するよ」

やっぱりお兄様は優しいわ。

お兄様の『探知』で『呪い』の種類や分析をしてもらえると、私も『解呪《かいじゅ》』しやすいから助かるし時間もかからない。『呪い』はうまく手順を踏んでしっかり解かないと、跳ね返されることもあるから気をつけないといけないと習っていた。

よく診てみると、こんな複雑な『呪い』は初めて見るものだった。

お兄様も横で真剣な顔で観察しながら言う。

「思っていたよりもずっと複雑で、何重もの罠《わな》と複雑な呪いが絡《から》まってる。下手《へた》に手を出すと危険だ」

「お兄様っ！」

「いや。諦めると言っているわけじゃないんだ。二、三日かけて、まず呪いを解きほぐそう。ここで少し読み解いて、家でさらに詳しく解読したりもできるからね。その方が安全だから。何より、私はリリィを危険に曝《さら》すわけにはいかないからね。まずはそこからだ。クリスもそれでいい？　時間はある？」

「僕は何日かかっても大丈夫だ。二人には迷惑をかけてすまない。そして、二人にとって危険だと思ったらすぐ止《や》めてくれ。二人に迷惑をかけるつもりは……なかったんだ」

「クリス、そんな思いつめないで。私もお兄様も頑張ってみるわ！　なんとかなるわよ。ね？」

まずは、気持ちで負けちゃダメよね！

「じゃあ、とにかく三人でピクニックしましょう！　だって、今日中には終わらないものね。まずはお腹をいっぱいにしてから、考えましょう」

そう言うとお兄様は呆《あき》れたように笑いながら、持ってきていたバスケットや敷物を広げてくれた。

クリスも驚いたように瞳を数回瞬かせ、くくくっと笑いを堪えていた。

そんなに変なことを言ったかしら？　堪えるくらいなら笑ってくれた方が良かったんだけどな。

クリスのことは心配だったけど、森のピクニックはとても素敵だった。庭のピクニックとはまた違う。メンバーも違うからかしら……とっても新鮮だった。多めに作ってもらったサンドイッチもフルーツもデザートも皆で食べるとあっという間に食べ終わってしまっていた。そして三人でご飯を食べながら、話しているうちに自然と仲良くなれた気がするから不思議。

昨日は聞けなかった色々な話ができた。

「じゃあ、クリスはここには一人で来たの？」

「今日は僕以外に他の男がもう一人いたら、リリアーナが怖がるかもしれないと思って一人で来たんだ。昨日は、悪友と一緒に来ていたよ。ただ昨日見た通り、森の中を動きまわったせいか……思ったより毒の回りが早くて、死にそうだったろう？　彼が急いで回復薬を取りに行ってくれてたんだ。あれ以上動いていたら、本当に死んでたからね」

「そうなの？　お兄様もいるし、お友達も一緒にいらしてね。きっとクリスのこと、心配してるでしょう？」

「そう言ってもらえると助かるよ。ランスロットもいいかい？」

「ああ。もちろん。……さあ。じゃあ、私は解析を始めるよ。とりあえず、今日は私一人で軽くやってみるから、二人は楽にしてていいよ」

ランスロットと王子

昨日は夜遅くまで調べ物をしてしまったせいか、眠い。リリィに気づかれていないといいけれど……。

とにかく、その男の子を自分の目で見てみないと！　と思い、朝の稽古も頑張った。

リリィと、いつものピクニックだと言うと、誰も疑問に思わずに準備をして僕達二人をそっとしておいてくれる。

森の泉に着くと、リリィの言っていた通りのキラキラした茶色の髪の男の子がいた。

いやいやいやいやいや。あれ、普通じゃないから。

リリィ………僕は頭を抱えそうになる。

ちょっと綺麗な男の子ってレベルじゃない。

髪の色を変えた王族か何かだろうなってすぐ気づくよ。いや、リリィも気づいてよ。

クリスと名乗った男の子は、品の良さを隠しきれていないけれど、くだけて話す努力を感じたので合わせておいた。

いや……せめて偽名《ぎめい》くらい使ってくださいよ！　クリストファー殿下じゃん！　リリィ、興味なくても自分が暮らす国の王子の名前くらい覚えておいてよ！

僕……頭が痛くなってきたよ。

でも、王子はにこにこ嬉しそうにしているから……もういいか。早く解放されたい。


さすがに王子にかけられるだけの、複雑な呪いに驚く。

これは数日かけて、しっかり解析しないと難しいな。僕は、リリィも王子も危険に曝すわけにいかない。

解析には数日かかることを二人に話すと、二人とも納得してくれたようで良かった。頑張らないと！　と僕が意気込んでいると、リリィは『まずはピクニック』などと言い出す。

さすがリリィだなぁ……と少し肩透《かたす》かしを食らった気がするけれど、リリィのこんなところも可愛いと思ってしまう僕はしょうがない。

殿下も笑いを堪えている。


殿下は思った以上に気さくで、良いヤツだと思った。王子じゃなければ、友達になれそうだった。年は僕と同い年で、リリィの一つ上だ。僕自身、殿下に気を許してしまっているな～と思いつつも、この時間を楽しんでしまっていた。

するとリリィが爆弾を投げてくる。クリス殿下の友達を連れてきたらいいというのだ。……………それ絶対、側近候補か近衛《このえ》騎士とかだから。偉い人だから、僕の胃が痛くなるからやめてほしかったが、了承《りょうしょう》せざるを得ない。

ただ王子ともあろう人が、リリィを怖がらせないようにと一人でここまで来てくれるなんて……とだいぶ、僕の中での好感度は上がっている。

リリィは絶対気づいていない。……いろんなことに。

色々と諦めて、解析に入ることにした。

二人にのんびりしていてね、と確かに言ったけど……そんなに見つめあったり、微笑みあったり、何を楽しそうに話しているんだ‼

殿下！　リリィと距離が近すぎない⁉　え？　嘘だよね？

リリィ！　その人、王子だからね！

あー！　気が散るので、もう二人は見ないことにした。

一部はここで解析したが、また家に持ち帰って続きをすることにした。

家の者に抜け出しているのが見つかるとまずい。とりあえず、毎日は危険だから明後日のお昼頃に待ち合わせる約束をして、今日は解散した。


お兄様が呪いの解析を始めた。

最初こそ、クリスの身体から呪いをみていたけれど、少し解析を進めると私達にはのんびりしていてねと言って、一人で解析に専念し始めた。

そこからクリスと二人で泉の縁に座って、いろんな話をした。

好きなお花やお菓子や本、今学んでいることなど……。

クリスは、にこにこしながらいろんな話を聞いてくれる。そして、色々な話をしてくれる。

銀の一族で強い魔力と力をもつ私達兄妹《きょうだい》は、誘拐などの危険があるため、家からほとんど出ずに過ごしていた。そのため、剣術の稽古などで同年代のお友達がいるお兄様とは違い、私にはお友達もいなければ、同年代の子供に会ったことすらあまりなかった。

そんな私に、今世で初めてできたお友達はとっても優しくて、笑顔が素敵な男の子だった。

泉の中からキラリと光るモノが見えた！　と二人で泉の中を覗《のぞ》こうとして、おでこがコツンとぶつかった。

クリスはびっくりしたのか大きな瞳を見開いて、おでこを押さえていた。私は淑女らしくない姿を見せてしまって恥ずかしい気持ちもあったけれど、それ以上に可笑《おか》しくて二人で顔を見合わせて笑い合った。

二人して笑い合っていたので結局、泉の中で何が光ったのかわからなかったのは残念だった。


ひととおり笑い合って、そういえば今日は回復していなかったことを思い出した。今日呪いが解けるなら、解呪に全力を使うつもりだったので回復のことを考えていなかったからだ。

「ねえ、クリス。あれだけの損傷だったんだもの、身体まだつらいでしょう？　今日は解呪できないようだから、回復だけするね」

そう言って、クリスの手を握って目を閉じた。

まずは身体の状態を探知することから始めた。

毒は完全に治療できて抗体だけになっていた。うまくいっていて嬉しくなる。

ただ……身体の内臓損傷は昨日の回復だけでは、やはり足りないようだった。昨日は一度に回復させすぎてしまうと、体力が余計に削られて逆に危険ということもあったのだけれど……。

それにしても、今だって身体がつらいだろうに……クリスは私達の負担を気づかって、必要以上に治療を願ったりしないだけでなく、感謝の気持ちを伝えてくれ苦痛をみせないように笑顔で対応している。

クリスは……本当に強い。

だって、痛みを取ることのできる私が横にいるのに、私の力を必要以上に求めてきたりしない。

私が自主的に行った治療以上を望んだりしてこないのだから。

これは、本当にすごいことだと思う。私なんて痛い時には、すぐに痛み止めの薬が欲しくなった。

痛いのは嫌だもの。痛みを止める薬があったら使いたい、使ってほしいと思うのは普通の感情だと思う。私もそうだったし。

それなのに、お礼以外は何も言わないなんて……。

気持ちがわかるだけに、余計につらくなる。


そう、私もよくわかる。

お医者さんや看護師さんに、治療してもらって良くなっているんだろうけど、身体はまだまだだとてもつらい時のことだ。

感謝の気持ちがまずは、たくさんある。

でも、治療後も実際は身体がつらいのだ。

いきなりスッキリ良くなっているなんて魔法以外ではありえないのだ。良くなっているのだからと、あまり弱音《よわね》も文句も言えない。言っても良いんだよと優しくされても、気を使ってうまく言い出せない。だって、確かに一番つらい時よりはずっと調子は良いのだから……でも・・・つらいんだよね。

病気は立場を弱くすると思う。

クリスは私達に遠慮してしまっているんだろうなと思って、悲しい気持ちになる。

……そうか！　私は友達として、つらいって言ってほしいんだわ！

「クリス、身体まだつらいのでしょう？　言い出しにくいのはよくわかるんだけど……そんな時は言ってね。私達もうお友達でしょ！」

クリスの手を握ったまま目を開き、彼を見上げるとパチリと目と目が合う。

目が合うと……なんだか急に恥ずかしくなってしまう。クリスは、私のことを見つめたままだった。

「痛かったね。とてもつらかったでしょう？　痛いって言っていいんだよ。ううん。私が言ってほしいの」

いつも、お母さんが『痛いね。つらいね』って私に代わって言ってくれてた。……私も素直に言えたら良かった。

私はそっと回復魔法をかけ始めた。

手をお腹の上に当てる。

本当はどこを触っていても良い。なんなら触らなくても魔力を流すだけでも回復魔法はできる。

でも、私はいつも必ずその治したい場所か近くを触るようにしている。

『看護の基本はね、目でみて、手で触るのよ』

『看護の看の文字を見て！　ね！　目と手でしょう？』

大好きな看護師さんが教えてくれた言葉だった。

彼女は夜中でも、薬の副作用で苦しむ私の背中を擦《さす》ってくれた人だった。

彼女が擦ってくれると本当に、痛みや苦しさが減った気がした。

『すごい、痛くなくなった気がする！　魔法みたい』

と言う私に、彼女はいつでもこたえてくれた。

『そうなのよー！　私、魔法使いなの。秘密ね！　つらい時は言うのよ！　魔法かけにくるからね！』

そう、笑ってくれる人だった。


手のひらから魔力を流す。温かい魔力が流れていく感覚がする。じんわり、手もお腹も温かくなっていく……。

「うん。良さそう！　クリス、ど……」

手を離して、どんな感じか聞きたかったが、言葉になる前にクリスに腕を引かれ、前に倒れる。

……ぎゅっと抱きしめられている。

「リリアーナ、ありがとう」

「ううん。痛みは？」

「全くないよ。……今までで一番調子がいいみたい」

「良かった。……クリス、苦しいよ」

私が笑って言うと、パッと身体が離れた。

「リリアーナ、これ持ってて。手紙をやり取りできるんだ。また後で手紙を送るね。これで、予定が変わっても大丈夫だろう？」

手の上に小鳥の形をした硝子《ガラス》細工の置物を渡される。それを見ていると、解析に一区切りついたらしいお兄様が、大きく息を吐いてこちらを振り向いた。

残りの解析は一度、家に持ち帰って続きをすることにしたという。これ以上長居をして家の者に見つかるといけないから、とりあえず明後日のお昼頃に待ち合わせると約束をして解散した。


家に帰っても、クリスのことが気になってしまう。

強くて優しい男の子。彼には私が憧れていた強さがある。そして、私が前世で同じように感じていた弱さも、見せないようにしているが持っている。彼の強さに憧れると同時に彼の弱さに、少しでも力になりたいと、そう強く思った。

つらい思いや痛い思いをしていないといいなと思ったり、彼の嬉しそうに笑う顔が思い浮かんだりしてしまう。

素敵なお友達ができた！　と私は浮かれていた。

夜、ベッドサイドテーブルの上に飾った小鳥の置物がキラキラ光ったと思ったら、パタパタはばたいて手紙を口に咥《くわ》えて手元に飛んできた！

なんて綺麗な魔法なの！　素敵！

手紙は治療に対する感謝の言葉と、たくさんの喜びの言葉に溢れていた。

それを見て私もとても嬉しくなった。

じんわり心が温かくなる。私も手紙を書いて小鳥に渡すと、キラキラと小鳥が飛んで……手紙だけ消えた。

夢のような素敵な魔法に感動すら覚えた。


次の日も手紙は続く。今日は会えないから、その日のとりとめのないことをお互いに送りあった。

ただそれだけが、とても新鮮で楽しかった。

どんな些細《ささい》な日常の出来事も、クリスのこととして聞くと楽しく感じるから不思議だった。次に会える日が楽しみでしょうがないのだ。私の日常のことを返事して、会ったら何を話そうと……そんなことばかりを考えて過ごした。

魔法の小鳥は私以外の人が近くにいると、反応しないようだった。そして、人がいなくなると私のもとに飛んでくる。

こうして、私はクリスと手紙をやりとりするのがとても楽しみになっていた。

呪いと祝福と出会いと別れと

私達が泉に着くと、クリス以外にもう一人、黒髪の男の子がいた。

男の子は私達を見て、ボーッとしたまま動かないので不思議に思っていたら、クリスがリチャードのことはそっとしておいてあげてというので……。

……そっとしておいた。

とりあえずお兄様からクリスに、解析は順調なこと、だけど複雑すぎること。思っていたよりも、ずっと複雑なんだということを伝えた。

「私も解析を手伝おうと思ったんだけど……複雑すぎて手を出さない方がいいみたいなの」

だからまだ数日は解析が必要なこと、だけど解析はできると思うということをお兄様は真剣に伝えていた。

クリスは嬉しそうな、そして悲しそうな顔をしていた。

「いや、この呪いが複雑なのはわかっているんだ……。もう何人かの専門家に密《ひそ》かに見てもらっていたからね……。そして匙《さじ》を、投げられてる。だから、解けなくても二人は気にしないで」

「クリス！　私にはこの呪い解きほぐせると思う。そして、リリィなら解呪できると思うよ。やれるだけやろう」

そうして、お兄様はまた新たにクリスの身体から呪いを解析し始め……ある程度したら、お兄様一人で解析を試みていた。その解析をリチャードは隣でじっと見ながら、たまにお兄様と何か話しているようだった。


暇になった私達は二人で泉の周りを散歩したり、お花をつんだりしながら話していた。

「ねぇクリス、あの小鳥は私が一人の時にしか動かないのね。すごい魔法ね！　キラキラして、綺麗でそして可愛くて……夢のようだったわ！」

「気に入ってくれたなら、良かった。そう。リリアーナと僕だけの秘密にしてくれる？」

「秘密？」

「そう。秘密さ」

また二人で顔を見合わせて笑い合う。

秘密！　なんて楽しいことなのかしら！

「じゃあ、二人だけの秘密ね。……楽しいね」

と、くすくす笑う。

クリスと私との二人だけの秘密……なんて素敵なんだろう。

こうやって、私達は四人で定期的に会いながら……。

私はクリスと遊んだり話したりするだけだったけれど、お兄様とリチャードは呪いの解析について話したり、解析をして過ごしていた。

本格的な冬が始まる前。それでも、頬にあたる風が冷たくてピリピリするようになった頃……ついに僕とリチャードでの解析が終わった。

リチャードは闇魔法を操る『黒の一族』の次期当主だろう。……たしか、宰相の息子だったはずだ。

おい。やっぱり将来の大物だよ。……気まずい。

呪いのことを相談されてから、クリスの人柄に惹《ひ》かれたのと、探究心から一緒にいるらしい。

さすがは『闇』の魔法の一族なだけあって、リチャードの助言があったおかげでかなりスムーズに解析ができたと思う。お礼を言うと、リチャードは自分では解析しきれなかったから僕の解析の力だと、褒めたおされた。

……いや。とてもじゃないが家族を探知・解析しすぎて得意になったとは……言い出せない。

そんな僕は、リチャードのことは友人として好きだが……たまにリリィをじっと見て赤くなっていることを知っている。やめてくれ。

リリィ……僕は色々と心配だよ。

クリスもリチャードを威嚇《いかく》するのはやめてよ。怖いよ。リリィも気づいてよ！　楽しそうなの、リリィとクリスだけだからね！　二人とも、なんか緊張感なさすぎない？

それでもこの日は、みんな真剣な表情で顔を合わせていた。

最初に口を開いたのは僕だった。

「リリィ、解析は終わったけど……すごく複雑な呪いの術式だから、もし、術式をみて少しでも難しいと感じたなら……手を出さないと私に約束して。クリス、私も君のことを大好きだけど……私にとって妹は特別なんだ。妹を危険に曝せない。諦めてもらうこともあるとだけ……覚悟しておいて」

クリスは真剣な顔で深く頷いた。

クリスが、リリィに無茶をさせるつもりはないのはわかっている。

でもリリィは？

この子は無茶をしてしまうかもしれない。

「リリィ……チャンスは今日だけじゃない。少しでも不安がある時は次のチャンスを待つんだ！いいね！　わかったね！」

何度も念をおす。

リリィも真剣な顔だ。

「じゃあ……やろう。みんなは手を出さないで。呪いの術式を解析したものを展開してみるから」

僕は静かにクリスの『呪い』を展開していった。

あまりの複雑さに、展開するのにも時間がかかる。下手に手を出すとすぐに『呪い』がこちらにも発動する。

お兄様は額《ひたい》にびっしりと珠《たま》のような汗をかきながら、ゆっくりと、そして確実に……まるで小さな針の穴に糸を通すかのような細かく繊細な魔力操作で、クリスの『呪い』を展開していった。かなりの時間が経過していたが、ただ見ている私達でさえも息ができないような苦しいような、呼吸するのを忘れてしまうような、そんな緊張した時間が過ぎていった。

どんどん開かれ展開していく『呪い』は、あまりにも凝《こ》ったモノだった。それはまるで芸術作品のような、完成された美しさを感じさせる『呪い』だ。美しすぎて怖い気がする。美しいと感じるのに怖いのだ。魔に魅入《みい》られるとでも言うのか……。とにかく目の前にある『呪い』は不思議な感覚がした。

ふう。と、お兄様は大きく息を吐いた。『呪い』を展開し終えたのだろう。全てを終えたお兄様は顔をあげ、真剣な顔でこちらを見ている。しかし私は、もうこの展開図から目を離すことはできなかった。

展開図ごしに見えるお兄様も、その全容を見てその美しさに心奪われたかのように、頬を染め『呪い』に釘《くぎ》づけになっている。

そうだ。いけないわ。この美しくも恐ろしい『呪い』がクリスを苦しめているのだ。私は改めて、お兄様が展開してくれたこの複雑に絡み合う『呪い』を見つめる。

展開図は黒い模様に、オレンジや赤のほの暗い光を纏わせ、鈍《にぶ》い光を放つ、まるで文字のような……模様のような……一枚の絵画のようなそんな不思議なモノだった。

でも、本当に綺麗。芸術の域だわ。


私は深呼吸をひとつしてから『呪い』に触れないように、細く小さくした私の魔力で包みこむ。ひとつひとつ繙《ひもと》いていくように……。

大丈夫。わかる。そう、大丈夫。


私は確信を持って顔をあげ、みんなを見た。そして、大丈夫だよと微笑んでみせた。

「後は私がやるわね」

言いながら、魔力制御の指輪を外す。

静かに胸前で手を組んで先程と同じように、でも本格的に私の魔力を流していく。呪いに引き寄せられる負の感情を時折感じる。けれど、それもみんな纏めて包みこむ。

苦しい、愛しい、力、消える、憎い、悔しい、嫌だ……大丈夫。

そう、大丈夫だよ。安心してね。と呪いの言の葉に、解呪と癒しの魔力を込めて流し続けた。ほの暗い光の本流に、癒しの魔力が上から包んでいくのがわかる。そのうちに、私の魔力がゆっくりとしみわたり術式の展開図が光を帯びる。

ほの暗い光が、白や青や金や銀の光に変わりながら……少しずつ浮き上がり、キラキラと昇華《しょうか》していく。

呪いの言の葉が、魔力に溶かされ、解けていく。

「なんて綺麗なんだろう」

誰が言ったのか……。

みんなの思いだったのか、声だったのか……。

それすらわからずに、このまるで祝福のような……奇跡のような光のただ中で、私は指先から溶けて空に消えていくキラキラした光に囲まれていた。

全ての『呪い』が解かれ、長かったような一瞬だったような、夢のような『解呪』が済むと一気に魔力と力が抜けてしまった。

ふらっと倒れる前にクリスがグッと私を抱きしめ支えてくれる。

「ね。…………できたでしょう?」

にっこりと笑ってクリスを見ると、大粒の涙をぬぐいもせずに泣いている。私は微笑んだまま、そっとクリスを抱きしめかえした。

お兄様達は、ただ静かにその場で立ち続けていた。

それから何回かは、みんなと本当に文字通り泉で遊んだりピクニックをしたりした。

そんな穏やかな日は数回だけで、クリスもリチャードも……そして私達二人も、お別れだと知っていた。

家に帰らなきゃ。

そうだね。家族が心配してるよね。

さみしいね。

皆のこと、忘れないよ。

ありがとう。

誰の言葉だったのか、誰の涙だったのか、一人もまた会えるとか次に繋がる話はしなかった。

私達の濃くて短い秋が終わりを告げた。

そして銀の一族の領地に、深い深い冬の季節がやってきた。

クリストファー第二王子

私はこの国の第二王子だ。

といっても……生まれた順番など関係ない、魔力量や強さが全てである我が国において、何の意味も持たない順番で名称だ。子供ができにくい『金の一族』にあって、年の近い三人の王子が生まれるとは、誰も予想しない事態だった。

さらなる混乱の原因は、三人とも年も近く魔力量もほぼ変わらないくらいに多かったこと。また王としての器《うつわ》も、三人ともに問題のない王子達だった、ということだろう。

違うことと言えば、得意な魔法の種類だろうか。

もちろん『金の一族』である『聖』魔法は全員が得意として、それ以外の得意な魔法だ。一族の魔法しか使えないわけではない。

第一王子は『雷』で母親が『黄の一族』だ。

第二王子の私は『氷』の系統だ。正確にはその上位の『氷』だ。

第三王子は『火』で母親が『赤の一族』だ。

そして、公表していないが……私は精霊の姿を見たり、その力を借りたりすることのできる数少ない『精霊の加護持ち』だった。

王太子に一番近いとなると、暗殺などの危険が増して、より狙《ねら》われることが増える。そのため、もう少し身体も力も強くなり自身で身を守れるようになってから、加護について公表するか決めよう……そう母と相談していた。

精霊の加護持ちは少ない。

王家には今まで、精霊の加護持ちはいなかった。

公表してしまえば、私が王に選ばれる可能性が高くなる。様子を見て公表するか決めるつもりだった。私自身も特に王になりたいと思ったことはなかったので、正直どちらでも良かったし、母も特に興味がないようだった。

精霊が、いつも危機や危険を知らせてくれたおかげで、私は兄弟達よりも危険が少なかったと思う。

だから、過信していたのだろう。

ある日、小さな『呪い』を受けた。

小さすぎる呪いは私の『結界』も『加護』をもすり抜けた。その呪いは一瞬だけ私の『結界』を緩《ゆる》めるだけの、些細なモノだった。パチッとした静電気のような呪いを受けた次の瞬間に、私の結界を緩め大きくて強い『呪い』を受けた。

王家の魔力を持つ私に、与えられるほどの呪い。考えられるのは、『黒の一族』の闇魔法か、はぐれの『魔女』だけだろう。

前者は王家に反旗を翻《ひるがえ》すとは思えない。かつ私にかけるだけの強い『呪い』をかけられるのは、一族でも長《おさ》くらいのものだろう。

可能性としては魔女だろうか。魔女は数が少なく出会うことは、ほとんどないと言われている。

しかし母は魔女の血が流れる王妃だから……。魔女の理《ことわり》から外れただけでなく、王家に嫁いだことを良く思わない魔女の仕業《しわざ》か……。

精霊の加護も、魔女の血から受け継いだモノだ。

私の加護にも気づいていた可能性がある……。

そして、加護による慢心をうまく利用して隙《すき》をつかれた。

まずは『呪い』をなんとかしないといけない。

金の一族の『聖』の魔法は、国の防衛となる結界を張ったりもするが、自身を守る結界も張れる。それ以外に攻撃にも使えるし、攻守にわたりかなり万能な魔法だ。それゆえに王族として国と民を守ることができる。

呪いによって、自分の魔法がほとんど使えなくなってしまったばかりか……精霊の力もほとんど使えない。精霊を感じる力すら弱くなってしまっている。

なんて厄介《やっかい》な呪いを……。


まず呪いに気づいたのは母だった。しかし、母自身は魔女としての能力をほとんど使えないタイプの魔女だった。

魔女は時を止めて年をとることなく、自身の興味のある研究や実験をして生きている。まれに『はぐれの魔女』という、自由気ままに諸国を彷徨《さすら》いながら人々を混乱に陥《おとしい》れることを好む魔女も現れるが、ほとんどの魔女は姿を見せることはあまりしない。ただ、すべからく自分の欲望や欲求を追い求め、自由に生きる者達だという。魔法も独特の魔法を使う上に魔力も桁《けた》違いなのだ。

母の魔力は魔女らしく有り余るほどたくさんあるようだが、魔法に興味がなく精霊に頼っているタイプだった。研究などにもいっさい興味がなく、ただのんびりと生きることを望んでいるようだ。

だから、母は魔女として異端《いたん》だったらしい。さらに国王と恋に落ち魔女の理から外れて時を動かし……家族の反対も押しきり、後ろ楯《うしろだて》もないままに単身王妃になった。幸《さいわ》い魔力量も多く、珍しい魔女因子の持ち主の王妃は王族に歓迎された。

他の二人の王妃を輩出した黄と赤の一族の公爵家には睨《にら》まれているが……王の寵妃《ちょうひ》として、認められていた。

意外にも王はこの自由な母を愛しているらしい。

私の知る王は……母を溺愛《できあい》するオジサンで、息子を可愛がりつつも母をとられまいと牽制《けんせい》してくる男だ。国王として公式の場で会うあの人はまるで別人だ。だからこそ、あの母を溺愛し執着する姿が本来の姿なのだろう。

正直、両親のそんな姿には慣れているが……あまり見たくはない。

でも私の呪いに気づいた母と父の動揺は、凄《すさ》まじいものがあった。母は自分のせいだと泣きだし、自分に解呪できないと絶望して気を失って倒れた。

父は秘密裏《り》に、解呪の得意な者や銀の一族に協力を求め、王子の治療のためとわからないようにしながら必死に解呪方法を探してくれていた。そして、国の禁書庫を調べ続けて……もう何日も寝ていないようだった。

この時、私は不謹慎にも二人にとても愛されていたんだな……と気づいた。げっそりとやつれてしまった父は、私に語った。

父はなるべく、三人の息子には平等であるべきと心掛けていた。ただ、王妃として、一人の人間として愛していたのは母だけなのだと。母から生まれた私を本当はとても愛してくれていた。もちろん、他の二人の息子も愛しているが……そこには制御できない感情があるんだそうだ。

国王とはつらいものだな。後継《こうけい》のためにパワーバランスをとるための妃《きさき》を何人も娶《めと》らねばならず、愛している妻と子供以外にも家族を作る。そして、国王として、国民と国を愛していく。

唯一自分でいられるのは、母といる時だけなのだそうだ。

もちろん、私だって母も父も家族として愛していた。

二人のこんな姿を見たいわけがない。精一杯の強がりと、そして生きる希望のために自分から提案した。

「私は、不干渉だと知っていますが……銀の一族の領地に行ってみるつもりです。あそこに解呪のヒントか、解呪できる者がいるかもしれない……。あそこ以外に解呪できる希望は、かけた本人を見つける以外ないから」

魔女を見つけるのは……困難だろう。

目的もわからないうえに単独行動、群れない、国に属さない……手掛かりが、なさすぎる。単なる暇潰《ひまつぶ》しの可能性すらある。

そして、王宮ではやはり日常的に毒が仕込まれ続ける。毒見はいるが、飲み物か？　触るものか？　布団やシーツか？

今までにない毒を、いくつか受けてしまったため、もうそんなに時間がなかったことも、自分で行く理由の一つだった。

このまま黙って死にたくない。

一人で旅立つと言うと、リチャードが一緒に行くと言って驚いた。貴族の彼にはつらいから止めろと言ったが、頑《かたく》なについていくと言って聞かなかった。

黒の一族のリチャードとは、彼が宰相である父親に付いて王宮に来ていた時、呪いについて質問したのがきっかけで親しくなった。彼は思ったよりも、呪いや魔法に造詣《ぞうけい》が深くて話していると、とても学ぶところが多く楽しい。そして、何よりも気が合った。

なぜ私が呪いについて知りたいのか、リチャードの追及をかわせなくなった私は自身の呪いを見せた。リチャードは絶句したあと、泣いていた。

そして、今回の銀の一族の領地へも一緒に行くと言う。

「私にも解呪に関わる権利がある。だから、私も殿下についていく。断られても、私は行く‼」

どんな権利だよ。と思ったが……。

嬉しくて泣いた。いつか、リチャードの友情に応《こた》えられる日が来るといい……。

今の私には精霊達の声は聞こえにくいが……そこに向かうことを歓迎しているように感じる。

私はまだ絶望していない。

きっと道があるはずだ。

私は髪の色を変えて、リチャードと共に銀の一族の領地に入った。

領地に入るまでの旅は、思ったよりはスムーズだった。もちろん影で王家の暗部がついているだろうけれど……大きな問題はなかったと思う。

銀の領地で働く森人の祖父の所に遊びに行く、裕福な商人の息子という設定だ。商人として、他の街を見たり自分たちの力試しをしたりしていると話していた。

しかし銀の一族の領地内は想像と違っていた。

領地内に他の一族も、いるにはいるのだが数が少なく、髪色が違うだけでとにかく目立つ。基本的に仕事で必要とされている人物以外は、領地内に入ることすら禁止されている。

もちろん『祖父に仕事で会いに行くための許可証』を作ってもらってある。祖父役として、昔王宮の庭師をしていた森人に協力してもらうよう連絡も入れてある。

問題は、旅人や商人がいないために宿がほとんどないことだった。あまり追及されたくない私達は、銀の一族の領地内では森で野営することが多かった。野営が続くと疲弊《ひへい》する。リチャードだって、公爵家の息子だ。私と同じくらい野営はつらいはずなのに、文句の一つも言わずについてきてくれる。

彼に対する信頼感や感謝の気持ちがさらに高まる。そんな中、気持ちよりも先に毒が回った身体が悲鳴をあげ始める。

これ以上リチャードに迷惑をかけたくない私は、回復薬を定期的に飲みつつやり過ごしていた……。

私達はまず、王都の救護院で勤務している銀の一族の、師匠にあたる人のもとに向かっていた。解呪や解毒を得意とする者だと聞いて、一縷の望みをかけて来たのだ。

領地内の深い森の奥にある教会で司祭をしているらしい。

やっとの思いでその教会に着いたが、件《くだん》の司祭は公爵家に届け物に行ってしまっていた。

「おじいさんのお使いなんて偉いね〜。ここには、知らない人は来ないから、おじさんは君達に会えて嬉しいよ」

残っていた他の司祭はお喋《しゃべ》り好きなようで、待っている間に様々な話をしてくれた。

「最近ね。ここの教会に付随している養護院で誘拐未遂があったから、街もピリピリしてただろう？　ごめんね。君たちみたいな可愛い子供には関係ないだろうけど、みんな心配で、初めて見る顔には警戒しちゃっているんだよ。孤児でも、銀の一族の『癒』の力を欲しがる人達はまだまだ多いのさ」

それであんなに視線を感じたのか……。銀の一族は、やはり大変だな。国をあげて保護をするのも納得だ。

「そうそう！　その時に公爵家の人達が慰問に来てくれていて、公爵家の護衛さん達が、ほとんど倒してくれたんだけどね！　悪あがきした誘拐犯が、辺り一面にめちゃくちゃな魔法を打ちまくって、火の海みたいになったんだよ！　その中に公爵夫人と一歳の赤ちゃんがいてね。燃える二人を見た公爵の姫様が魔力の暴発を起こしちゃったんだ！　もうさ、暴発って言ったら皆が巻き込まれて、大惨事だと思うだろ？　姫様は癒しの力の最高峰だから、怪我は治り士気は高まり、敵は消えちゃったんだよ！　すごいよね」

「その姫様は大丈夫だったのですか？」

珍しくリチャードが聞く。

「姫様は三日くらい寝込んだらしいけど、今は元気らしいよ。お兄さんがいるんだけど、お兄さんが姫様を心配して家から出さないだけみたいだね。今回はその姫様に、うちの子達がお礼のお花をあげたいって言うんで、司祭が代表で行っているんだ。姫様はお花が大好きだからね。司祭はお花を渡したらすぐ帰ってくると思うよ」

ニコニコと人の好さそうな司祭は、話し続けている。

リチャードは何か考えこんでいるようだった。

「…………くぅっ…………っはぁっ…………はぁ」

そんな時、回復薬の効果が切れて身体中を激痛が襲う。息が苦しい。ぐっと胸元を鷲掴《わしづか》んで堪《こら》えようとするも、そのまま倒れこんでしまった。

近くにいた司祭が心配して客人用のベッドに運んでくれた。

彼が席を外した隙に、リチャードに鞄《かばん》の中の回復薬を取り出してもらい一気に飲みほした。

「殿下！　いつからこんな状態だったのですっ⁉　これでは…………これでは……」

リチャードは全てを察し、言葉を発せないようだった。

その時、件の司祭が戻ってきた。

人払いをお願いし、呪いのこと、解毒のことを聞いた。

ただ、答えは王宮で診てもらったモノと同じだった。

呪いが複雑すぎて、とても解呪できそうにないこと。

こんな呪いは見たこともないということ。

毒に関しては解毒はできる種類のものだが、いかんせん呪いが強くて、解毒の魔法が効かない。

呪いを先に解かなければ、解毒はできない。

そういう答えだった。

ここまで来て得られた答えが同じだったことに、落胆《らくたん》はしたが……まだ希望は捨てない。

回復薬が多少効くのであれば、森の泉に解毒の薬草があるというので、明日は森の泉に行くことにした。今日は教会に泊まり、ゆっくりさせてもらう。

リチャードは私を見て何か言いたげだったが、何も語ることなく隣にいた。そんな気遣いが今はありがたかった。


夜ふと目が覚める。ベッドだけの質素な部屋に、窓から月の明かりが入りこんで明るく照らしている。

……胸がざわざわする。

精霊達の導く声が、微《かす》かに聞こえる。

森の泉に何かあるのだろうか？

私は今度こそ何か手掛かりがあることを祈って眠りについた。

精霊の声が微かにしか聞こえなくなっていた私は、隣の部屋で声を殺してリチャードが泣いていることには気づけなかった。


翌朝、薬草を採集したら戻ってくるので、荷物は教会に置いたままリチャードと二人で泉に向かった。

美しい森だが、意外に森は深かった。

リチャードをこれ以上心配させないためにも、朝起きてすぐに回復薬を一本飲んでいた。

回復薬も乱用すれば、さらに寿命を削るだろう。リチャードもそれに気づいているが、飲まないわけにもいかないことも察していたのだろう。

やっとの思いで森の泉に着いた頃には、回復薬の効果が切れてしまった。歩きすぎて毒が早く回ったのか、体力も落ちているのか、もう身体が限界なのか…………全部かもしれないな。と他人《ひと》事《ごと》のように考えていた。

慌てて回復薬を飲もうとしたが、震える指のせいで瓶《びん》を落とし割ってしまった。

真っ青なリチャードが、教会に取りに行ってくる！　と止めるのも聞かず走っていってしまった。

はぁはぁ……自分の呼吸がうるさい。

もしかしたら、本当にここで死んでしまうかもしれないという、恐怖に襲われる。

意識が朦朧《もうろう》とする……。

誰かの声がする。

「大丈夫ですか？」

「……うっ………」

答えようと思うのだが、声にならない。

「治療魔法をかけますね。…………えっ？　…………⁇　これは…………」

声の主は私の身体を風魔法で浮かせ、どこかに移したようだった。

そしてどのくらいの時間かわからないが、私の胸の上に手を当てて、魔力を流していた。

暖かい魔力が心地良い。そう思っていると……。

「見つけた」

そう言うなり……解毒を試みてくれているようだった。

解毒しながら泣いている、私を思って泣いてくれているのだろうか。

心優しい人。

呪いが解けないと解毒はできないんだ……。

申し訳ない。

声にならないが申し訳ない気持ちでいっぱいだった。

かなりの時間が経った頃、急に内臓の治療魔法と体力の回復魔法を使ってくれたことに気づいた。

こんな高度な魔法を三つも同時に使用するなんて‼

それよりも、魔法が効くなんて！

回復の魔法のおかげで身体が楽になり、声の主に目を向ける余裕ができた。

そして、さらに衝撃を受ける。

声の主は銀の髪が耀くように美しい、自分と同じ年くらいの女の子だったからだ。

「…………ふぅ。……良かった。うまくいったわ」

「…………女神……なのか？」


目の前の女神と、目が合った。

……美しい…………やはり女神か。

「女神様、私の治療をありがとうございました。あの毒の治療は救護院でも治せず、ここに解毒の薬草があるらしいとの噂を頼りに来てしまいました。まさか、女神様に治療していただけるとは……」

「あの……ごめんなさい。私は女神様ではないの。この近くに住んでいる普通の……ちょっと治療魔法が得意なだけの人間だわ。でも……間に合って良かったわ」

と、にこりと微笑む。

話し出すと、確かに女の子のようだが……あまりにも美しく、そして可愛らしく微笑むので、恥ずかしくて直視できなかった。

……そんな自分にも驚いた。

いや。そんなことよりも、死の淵《ふち》から助けてもらった感謝を伝えなくてはいけない！

慌ててお礼を伝えると、彼女はさらに驚くことを言い出した。

「本当に良かったわね。あと……今すぐ、その呪いも解いてあげたいんだけど……。それ、明日でも良い？　ごめんなさい。毒の解析に少し時間がかかってしまって……。そろそろ戻らないと、抜け出したのが見つかってしまうの」

これには本当に驚いた。呪いを解く？

もちろん、明日でも明後日でも、いつまででも来るまでここで待つと言った。

……だって、他に希望などないのだから。

「夜はこの辺りも獣が出たりして危ないの。早めにお家に帰ってね。明日またここに来るから……また明日ね」

そう言うとくるりと後ろを向き、走っていってしまった。

私はその後ろ姿を、ずっと見ていた。

彼女の周りに、精霊の姿がうっすらだが……たくさん視《み》える。精霊にも愛されているんだなぁ……。

そして、彼女の言ったことを考えていた。

……呪いを解くと言っていた？　彼女が？　明日？

そして、解毒ができたと言っていた？

確かに、身体は先程とは比べものにならないくらい、楽になっている。

呪いが解けてないのにもかかわらず、解毒できたということは……彼女の魔力が呪いをかけた術者よりもずっと高く、レベルが違うということしか考えられない……。

そんなことがありえるのだろうか……。相手はおそらくだが、強い魔女だ。

でも、実際に解毒されている気がする。

そして、回復魔法や治療魔法が効いている・・・。

解毒に関しては、確認してみないことには正確にはわからないが……回復や治療魔法が効いているのだから、解毒されていることは間違いないだろう。

まさか、いや、そんな、ああ、だが…………………。

一人で混乱と喜びと不安と驚きと、なんと言っていいのかわからない不思議な感情を持て余していると……真っ青な顔で泣きながら、リチャードが走りこんできた。

「っ……はぁ……っ……………み、みぢに……道に…………っ……はぁ……はぁ。迷って…………うぅ…………クリスが…………死んで……しまうかもって……うわぁぁぁん」

どうやらリチャードは道に迷っていたらしい。私が死んでしまうかもしれない恐怖に、冷静になれなかったんだろう……。

本当に、あのまま死ななくて良かった。私のためにこんなにも良くしてくれる彼に、酷いことをしてしまうところだった。

号泣《ごうきゅう》して私にしがみつくリチャードを、私はぎゅうぎゅう抱きしめた。

「リチャードありがとう。私は大丈夫だ」

そう言えばリチャードは、より大きく泣き出した。

私も今さらながら、生きていると実感して泣いた。


二人してさんざん泣いて、落ち着きを取り戻した頃……なんとなく気恥ずかしくて、お互いに顔を合わせられないまま、教会へ向かって歩きはじめた。

「殿下……本当に……その……大丈夫なのですか？」

「二人きりの時は、クリスでいいよ。それが……私も自分でも信じられないんだが……」

リチャードが回復薬を取りに行ったあと、女神のような女の子が来て解毒魔法と回復魔法と治療魔法をかけて走っていった。

そう簡潔に話した。

「……………………」

「……まあ、信じられないよな。私もいまだに夢のような感じもしているが……実際に解毒されたんだ。しかも、明日呪いを解くためにまた来てくれると言うんだ」

リチャードはやはり、納得がいかないような表情だったが……私の体調が良さそうなことと、あのまま倒れていなかったことに安心したと笑ってくれた。

リチャードと話していて、初めて彼女の名前すら聞けていなかったことに気づいた。

明日はまず名前から聞こう。

そう考えるだけで、胸がどきどきした。

この気持ちは……。また明日、彼女に会えばわかるだろうか……。

彼女の温かい魔力を思い出す。

私を見つめていた菫色の瞳は、紫水晶のように澄んでいて神秘的な耀きを帯びていた。銀の髪は自ら耀いているように艶《つや》やかで、まっすぐサラサラしていた。

白い肌に唇はぽってりと赤く色づき、小ぶりだが形の良い鼻。スラリとした白く華奢な手足。

……思い出す彼女はやはり女神のようだ。

翌日、自分も付いていくと聞かないリチャードだったが……男が二人いたら女の子一人だと怖がるかもしれないと何度も説得して、大きな声なら届く範囲で待機するということで妥協してくれた。

泉で再び会うことができて、本当に夢でなくて現実なんだとわかって嬉しかった。やはり彼女は実在して、私は助かったんだと実感する。

彼女の兄、ランスロットも一緒に来ていて、呪いを解くのを協力してくれるという。ランスロットは聡明《そうめい》そうな瞳をしていた。そして、私の正体に気づきながら、私に合わせてくれていた。解析が得意だという。

彼女の方から、リチャードを連れてきても良いと言われて本当に嬉しかった。

でも一番嬉しかったのは、彼女の名前を聞いた時だ。

嬉しくて胸が震えた。

見ず知らずの私の痛みを思って涙を流す心の優しさ、高位貴族であるにもかかわらず誰にでも分け隔《へだ》てなく接するところ、そして先入観を持たずに自分の受けとったままを素直に受け入れてくれるところなんかは、こんな素敵な娘がいるんだと本当に驚いた。

リリアーナといると、顔を見ているだけでも、立っても座っても、何をしていても楽しい。


私の聖魔法と精霊魔法のいくつかの複合魔法でできた、オリジナルの伝達魔法がある。小鳥の精霊の力を借りた伝達魔法でクリスタル化させたものをリリアーナに渡した。

これでいつでも連絡がとれる。

伝達魔法は、風の伝達魔法と闇の伝達魔法が一般的だ。だが、この二つは欠点も大きい。

風の伝達魔法は、周りにも聞かれてしまうので秘密保持が難しい。

闇の伝達魔法は、闇の魔力を持つもの同士しか使えない。少しでも闇の魔力があれば使えるが、闇魔法は使える者が少ないため、隠密《おんみつ》や王家の『影』達が使っている。

この精霊魔法は誰とでも使えるところが良い。私が設定した相手に媒介《クリスタル》を渡して契約しておけば、いつでもどこでも、持ち歩かなくても連絡が秘密裏にとれる。

媒介は以前作ったものだが、契約だけなら今の魔力でもなんとかギリギリできる。良かった。

そして、リリアーナといつでも連絡がとれると思うと違う喜びが胸に溢れる。

次から、リチャードも加わり四人で泉に集まるようになった。リチャードもリリアーナの美しさに固まっていたが、気づいたらランスロットと呪いの解析について話し込んでいた。

後から聞くと、二人で呪いの解析について話すうちにとても仲良くなったらしい。

私はいつしか呪いのことよりも、リリアーナと会えることを嬉しく感じていた。リリアーナの好きな物を聞き、何を学んでいるのか、どんな食べ物が好きか……ただのそんな話ができるだけで、とても嬉しかった。

リリアーナだけは痛みを隠しても、「痛いね」「つらいね」と私の気持ちに寄り添ってくれる。これ以上迷惑をかけたくないと我慢する私のことを、理解し気づかってくれる。リリアーナのくれる優しさが心に沁みて、気持ちや体調を気づかってくれるそんな時、好きだと思う気持ちが溢れてしまいそうになる。子供の恋だと笑われてもいい。それでも、この気持ちを大切にしたかった。


そんな時間を過ごしているうちに、ランスロットとリチャードで呪いを解析できたという！

ランスロットが展開してみせてくれたのは、あまりにも凝った芸術のような『呪い』だった。完成された呪いの美しさに呆然《ぼうぜん》とする。こんな美しい呪いをかけられるのは、やはり魔女だけだろう。

展開図は黒い模様に、オレンジや赤のほの暗い光を纏わせ、鈍い光を放つ、まるで文字のような……模様のような……一枚の絵画のようなそんな不思議なモノだ。

リリアーナだけは、真剣に何か言いながら『呪い』の術式の展開図を見ていた。

そしてすっと、その美しい顔をあげると微笑みながら言う。

「後は私がやるわね」

そう言い終わらない内に、魔力制御の指輪を外していた。

そこからのリリアーナは……本当に女神に見えた。彼女は胸前で手を組み、何か発すると術式の展開図が光を帯びる。

ほの暗い光が、白や青や金や銀の光に変わりながら……少しずつ浮き上がり、キラキラと昇華していく。

呪いの言の葉が、リリアーナの魔力に溶かされ、解けていく。

まるで祝福のような……奇跡のような美しい儀式だった。

長かったような一瞬だったような、夢のような『解呪』が終わった。苦しいほどの緊張感から解き放たれ倒れそうになる彼女を私は慌てて支える。

「ね。…………できたでしょう?」

にっこり笑う彼女を抱きしめ、気づくと泣いていた。

ありがとう、君は本当に私の女神だ。

言葉にはできなかったけれど……いつか彼女に言いに来よう。


いつか必ず。

銀の領地は本格的な冬を迎え、今日も朝から雪がしんしんと降り続いていた。私は部屋の窓から森の泉の方を、ぼんやりと眺めていた。

真っ白な世界は、森も泉も覆《おお》い隠してしまう。銀の領地の冬はいつも通りで、あの日々は私の夢だったのかと思ってしまうほどに、静かで穏やかな毎日だった。特にこんな雪の日、静かすぎて少しさみしいと感じるのは、お友達に会えなくなってしまったからだろうか。けれどあの日々が現実だと、クリスのくれた小鳥が教えてくれる。

小鳥の運んでくれる手紙にはお兄様や妹と遊んだ内容や、どんなことを勉強したか、どんな本を読んだかなどを綴《つづ》っていた。

クリスからは家に帰った後から本格的に様々な勉強を始めたことや、お家のお仕事関係の勉強を始めたことなんかが書かれていた。そして、そんなことができるようになったのは、私のおかげだと改めてお礼の言葉を送ってくれる。

クリスが遠く離れた場所で頑張っている姿を想像すると、それだけでも嬉しくなってしまう。その勉強量は手紙を読むたびに、感心してしまうほどだった。

クリスは本当に頑張っている。

私も遠くで頑張るクリスのように、私のこの力をもっと大勢の苦しんでいる人達のために使いたいと強く考えるようになっていた。

そう、私はクリスと出会った後に気がついたのだ。癒しの魔法を使って、解毒をしたり治療したりすることが、今の私にはできるんだって。

もちろん、銀の一族だから癒しの魔法が使えることは、わかっていた。治癒に関する魔法も勉強していたし、使っていた。


でも、そういうんじゃない。わかっていたけど、わかっていなかったのだ。

勉強とか練習なんかじゃなくて、目の前で苦しんでいる、他の誰かを『私の力』で助けることができるんだと、実感したのだ。

苦しんでいる人がいて、今度は私が……私を助けてくれたお医者さんや看護師さんのように、私のこの力を『今苦しんでいる人達のために使いたい』という強い思いに突き動かされた。


クリスの解毒や治癒、解呪ができたことが、自信につながったというのもあるかもしれないけれど……それよりも、目の前で毒に苦しむクリスの姿を見て思い出したのだ。あの頃の気持ちを。

苦しい、痛いというのは本当につらい。わかるからこそ、痛みや苦しみを取り除いてあげたい。

そして、身体的な苦痛というのもつらいけれど、振り返ってみて一番つらいのは……痛いから、苦しいからと何もできなかったことだ。

痛い時や苦しい時は、それ以外のことを考える余裕なんてなかった。それだけで一年が終わってしまう……心が、気持ちが痛みに負けて、何もできない。そして、何にもできないでただ時間が過ぎていくことが、後からどんどんつらくなっていくのだ。苦痛に全てを支配されているような、あの時の気持ちを思い出してしまうのだ。

あんな思いをしている人がいるかと思うといてもたってもいられず、銀の領地と隣の領地との境に建てられている救護院に行きたいと、お父様にお願いした。

けれどそれはすぐには叶《かな》わず、まずはお父様を説得することから始まった。

これが本当に大変だった。私がまだ治療魔法を用いて働くには幼すぎることや、優秀な治療ができると気づかれた場合、他貴族からの強要まがいの婚約打診や誘拐の危険もあるからだ。

それでも、どうしても行きたいと諦めず、家で治療魔法の勉強も他の勉強も、とにかく頑張った。私の必死な姿に家庭教師からも、勉強よりも少しずつでいいので実践させてあげてほしいと口添えをしてくれたらしい。

お願いしてから半年後、お兄様と一緒ならばと、やっと条件付きで救護院に行く許可を貰えた。

救護院では、銀の治癒師と神官が働いていた。その治癒師の中には顔見知りが大勢いたし、初回はお父様も家庭教師の治癒師も同行していたので、安心して手伝うことができると思っていた。

でも、違った。

銀の領地境まで来るという人達は、重症者ばかりなのだ。地元の救護院では、手に負えない人達が多く運ばれてきていた。

救護院に足を踏み入れて、目の当《ま》たりにした光景に衝撃を隠しきれなかった。だって、私の中で、救護院とは病院だったからだ。

もちろん前世のような立派な、清潔で明るい病院を想像していたわけではない。でも、これは……。廊下や入り口まであらゆる場所で、苦しそうに横になっている人々を前に、固まって動けなくなった私の手を、お兄様が握りしめてくれる。

手を握ってもらってハッと気づいた私は、その場にいるみんなを助けたくて……小さな子供が、苦しむところなんて見たくなくて、もちろん大人もだけれど……とにかく目の前で苦しむ人を助けたくて、すぐに魔法を使おうとして、止められた。

「お父様どうして？　どうして止めるの？」

涙が溢れて止まらなかった。だって、こんなに苦しんでいる人がいるのに！　どうしてお父様は私を止めるの⁉

「リリアーナ、よく聞きなさい」

お父様は、私と同じ目線の高さまで腰を落として、目を合わせてから話し始める。

「この状況に、リリィが落ち着いていられないのはわかるよ。みんなを癒してあげたい気持ちもわかるし、とても良いことで尊いことだ。でも、無理をしてお前が倒れてはいけないんだ。もっと継続的に治癒師の力が必要なんだよ。どうしたらいいのか、まずよく見て、よく考えなさい」

よく見て、よく考える……そう教えてくれた。忙しいのに初めての訪問に無理してまで同行してくれたお父様には、私の行動はお見通しだったのだろう。

いまだにぽろぽろと溢れ出して止まらない私の涙を優しく拭《ぬぐ》いながら、お父様は私を見つめ続けた。

泣いてしまった私は、それでもぐっと目を開いて言われた通りまずはよく見た。そんな私をお父様は、少し乱暴に、でも優しく頭を撫でてくれた。

見ていて気づいたのは、緊急な治療が必要なのか、それとも回復が必要なのか、時間が必要なのか、銀の治癒師みんなで考えて、みんなで協力して行動しているってことだった。

あのまま治療魔法を使用していたら、すでに体力がなくなってしまっている人達は……危険だったかもしれない。

魔法だって万能じゃない。戦闘に参加できるような騎士様ならば、体力も気力もたくさんあって、治療魔法で回復してすぐにまた戦えるかもしれない。

でも、ここにいる人達は、もうずっと病《やまい》と戦ってきた人達だ。体力も気力もかなり消耗《しょうもう》している。そんなところに治療魔法だけを使用してしまうと、体力をぐっと削り、最悪命を落としてしまう可能性もある。

そして、力を使いすぎた私が倒れてしまう可能性も、お父様に指摘されなければ気がつけなかった。治療の得意な人、回復が得意な人、魔力の多い人も少ない人も……ここにいるみんなで協力しているんだと気がついた。

「お父様、止めてくださってありがとう。私……わかったわ。治療の必要な人とか回復が必要な人とか、それ以外も……見極めが必要なのね」

「ああ、偉いね。リリアーナ。でも、今日は私の指示にしたがって力を使いなさい。次からは、家庭教師とランスロットの指示に従うように。……なに、リリィならすぐに一人でもできるようになる。まずはよく見て覚えなさい」

「はい。お父様」

お父様の後について、指示された通りに治療魔法を使って回る。

そんな時に目に入ったのは、銀の治癒師でかなりの高齢だろう小さなお婆様《ばあさま》だった。高熱にうなされる小さな女の子の背中を、治療魔法をかけながら撫でるお婆様の姿は、私にいつも優しくしてくれた、あの看護師さんの姿が重なってみえた。

私も、こうやって苦しむ人のために生きたい。

そう、強く思いながらも、涙が溢れて止まらない目を開けて、その姿を見続けた。

それからは、力の使い方も優先順位も色々なことを学びながら、王都に行くまでの間はできる限り通っていた。

ただ、私やお兄様のような強い癒しの力を持つ、族長候補の子供を狙う者も多かったため、定期的な予定として決まった日に訪問することはできなかった。

法則性もなく、護衛の手配も完璧《かんぺき》にして初めて訪問が許される。もどかしい思いもあったが、まだ子供なので早く大人になりたいと思いながら、勉強をしたり家で妹に魔法を教えてあげたり、私にできることを毎日頑張ってこの四年間を過ごしていた。

王宮のお茶会

ここが乙女ゲームの世界だと気づいて、私の今の姿を思い出す…………。

ああ……ダメ。なんか……恥ずかしい。

私……あのコケシみたいなキャラクターに見えているのよね……。友達が見せてくれた、イラストを思い出してしまう。

顔が見えないように前髪を長く伸ばして隠し、さらに大きな眼鏡をかけて、顔にソバカスのお化粧をしていた。

銀の髪は元々濃さがわかりにくく、一族の中でもほとんどの人の髪は色が薄く見えるので、魔力の強さが色の濃さでは判断しにくい。だから、髪の耀きを抑えるような色味のヘアオイルを塗ってもらい、鈍い銀髪にしてもらっていた。

そして今日は耳元の髪を少し掬《すく》って編み込みのハーフアップにしてもらい、できるだけ『頑張った風』に仕上げるように心がけていた……。

ゲーム本編のイラストでは、しめ縄みたいなミツアミに描かれていたので……ミツアミにすれば良かったかな？　いや、いやだ～‼　なんか客観的に、あの姿だと思われるのは、私の乙女の部分が恥ずかしい。

っは！　違うわ！　興味を持たれないように、あのコケシ姿で正解なのだわ……。

先程までは興味を持たれないように『地味でつまらない令嬢』に見えるような態度も心がけていた。

この姿はお兄様とマーサ監修の下に作りあげたものだ。

元々社交もしない銀の一族の情報は、ほとんど知られていないので、私の容姿を誰も知らないし、この作戦は良いと思っていた。

そう。先程までは……。

友達曰《いわ》く『地味で仕事しないライバル令嬢』。

……違う！　違うの！　婚約者になれなかった理由があるの！　仕事しないわけじゃなくて、できなかったというか、望んでいるというか……別にこんな……ああ……そんなんじゃないの！　と、誰にするわけでもない言い訳をしてしまった……。

客観的に描かれたであろう、今の私の姿を思い出したら、恥ずかしくなってうつむいてしまう。

……もう帰りたい。

どちらかと言うと、王子様達よりもお姫様とかヒロインとかに会ってみたかったな……。可愛いお姫様とか、キラキラのヒロインの方がきっと素敵だもの！

はぁ。とため息をついてしまったら、隣でお父様が苦笑いをしていた。

とにかく、このお茶会をのりきって適当に婚約者になって、時期をみて婚約者を交代する……その時に私に興味がなくて、交代に文句が出ない状態になるように『ハズレ』を演出する。

という作戦だった。

たとえ、裏で王家と婚約の撤回について契約を交わしているとしても、よりスムーズにするための努力だ。

お兄様とマーサは欲目から、皆が私に惚れてしまうから危険だと大騒ぎしていた。さすがに、そんなことにはならない。あの二人は欲目がひどいのだ。

……でも乙女ゲームに近い展開になるということは、私は第二王子と文官のライバルキャラよね？　第二王子の婚約者になるってことよね？

ヒロインちゃんが、第二王子と恋に落ちたら婚約もすぐ解消しちゃうってことよね？

あ、でもヒロインちゃんが他の人を選んだらダメなのかしら……。じゃあ～やっぱり乙女ゲームとか関係なく、当初の作戦が良さそうね！

うん。『ハズレ令嬢』頑張るしかないわね。

乙女ゲームに近い世界だったと気づいてしまったことで、私の気持ちは大きく揺らいでいた。

この作戦の私の姿に羞恥心《しゅうちしん》が芽生えてしまったことと……。

シナリオ通りならばわざわざ辞退しなくても『一人脱落する』ということに気づいてしまったことが大きい。

ヒロインと結ばれるのが王子様の誰かなら、あっさりと一抜けできるのではないか？　……となれば、誰の婚約者にもならなければ良いのか？

それでも、ヒロインが王子様を好きになるとは限らない。私の友達ならば騎士ルート一択《いったく》だって言っていた。

ぐるぐると同じことを考えてしまう……。

心を決めてこの場に挑んだはずなのに、友達から聞いていただけの乙女ゲームの知識と色々なことが酷似《こくじ》しているので、私に迷いが生じる。

そうやって、一人で赤くなったり、青くなったり、閃《ひらめ》いたり、ガッカリしたり……百面相していたのをお父様以外にじっと見ている人がいたなんて、考えてもみなかった。


そんな脳内で大忙しの私に、お母様が『王妃様達がいらしたわよ』と耳打ちした。

ゆっくり顔を上げると、三人の王妃様とそれぞれの王子様達が、それぞれにこやかにゆっくりこちらに歩いてきていた。

私はただ、遠目に確認しようと思って王妃様達と王子様達を見た。

これはお兄様から言われていたからだ。

『近くで顔を上げて見ると、向こうにもリリィの顔が見えるんだからね。近寄ったらなるべく俯《うつむ》いているんだよ！　いいかい！　見るのは最初に来る時か、帰り際だけにしといてね！』

王妃様は個性豊かな、それぞれ美しい方達だったが……王子は個性的ではあるが、三人ともに立派な金の髪だった。

ふっと……視線を感じて一人の王子様と目が合う。

どきん。と私の心臓が大きく音をたてた。

「…………クリス」

私が声にならない声で呟《つぶや》く。

クリスは聞こえたかのように……。

それはそれは美しい笑顔をみせた。


お茶会は和《なご》やかに進む。茶葉やお菓子について会話しているのが聞こえる。

でも私には、お茶の味もしなければお菓子の味もしない……俯いたまま、考えたいのだけれど何も考えられずに時間だけが過ぎていった。

お茶会という名のお見合いだと、みんな知っているが建前《たてまえ》上は『王妃様主催のお茶会』という社交の場だ。表面上は和やかなお茶会が繰り広げられている。

王都に住む方々は面識があるので、どうしても領地から出ない私とお母様に話題が集中してしまうのはしょうがないだろう……。

「……まぁ、では銀の一族の夜会は全員が銀の一族ですの？」

「はい。ですので、あまり夜会も行われずに年に数回ですわ」

「それは、寂しいですわねぇ。では、最近のドレスなどは…………」

銀の一族の領地内の暮らしに興味を持つフリをして、私達を見下している。同じ公爵家同士でも、中央の社交場に出てこない私達を侮《あなど》っているのだろう。くだらない権力争いなど正直どうでもいいので、話半分に聞いていていただけだった。

王妃様の「子供達は子供達同士で、仲良く遊んでらっしゃいな」という声かけで、私達も席を離れて移動する。


ここからは、私達の戦いなのだ。子供とはいえ貴族の令嬢は恐ろしい。先程の大人の戦いのミニチュア版だった。

そしてある程度、目標とする王子は家によって決められているのであろうが……王子が、いや王・・・太子候補が複数いたことが今までないのだから、どの家も混乱していた。

今までであれば、一人の王太子に数名の王妃候補を用意して何人かが王妃に選ばれる。

王子が三人もいて、かつ王太子が決まらない状況では、どの王子に近寄っていいのかわからない。

今回のお茶会で、どの王子が王に選ばれそうなのか探りを入れたいのだろう。令嬢達も皆それぞれ様子をみているようだった。


赤の一族のロートシルト公爵家、アリシア様。

友達曰く『傲慢高飛車の最強悪役令嬢』である。確かに真っ赤な髪に気の強そうなお顔だった。目元はつり目ではあるが、キリッとしていて美しい。瞳は緑でとても印象深い。はっきりとした強気な美少女だ。

話し出すと、ずっと話し続けているため私としては助かっている。

青の一族のアンダーソン公爵家、シルビア様。

友達曰く『頭脳明晰、嫌味な悪役令嬢』である。真っ青な髪は確かに冷たい印象を持つ。切れ長の瞳はシルバーでさらに冷たい印象を受けるが、スッとした知的な美少女だ。

こちらは口数が多くないのだが、ズバッと会話に切りこんでくる。

そして……あの微笑みにやられてしまったのは、私だけではなかった。

アリシア様もシルビア様も隙あらば、クリス……いやクリストファー殿下に話しかけている。

もちろん、第一王子のアーサー様や第三王子のジェラール様も素敵なので、二人へのアピールも欠かさない。……頑張ってほしい。

「みんなでこうやって話していても、いいですが……せっかくなので、くじでもして二人ずつでお話しして交流を深めてみませんか？」

クリスの提案に、私以外がみんな一様に頷いた。

女性陣の髪の色を書いた紙を用意して、王子がそれを引いて相手を選ぶことになった。

私としてはお茶会が終わるまで、このまま当たり障《さわ》りなく終わりたかったのに……もう、クリスのバカっ！

クリス以外の王子と二人きりでお話しするなんて、困ってしまう。お話をしないわけにもいかないし、でも興味を持たれても困ってしまう……。

くじは近くに控えていた侍従が作ってくれて、王子達が一斉に引く。

結果は第一王子のアーサー様とアリシア様。

第三王子のジェラール様とシルビア様。

クリスと私だった。


私はとりあえず、クリスと一緒で安心した。

しかし、組み合わせが乙女ゲーム通りでドキリとする。

それぞれが、王子様にエスコートされていく。

「リリアーナ嬢、行きましょう」

クリスは手を差し出してくれた。私は少しだけ戸惑《とまど》ったが、そっと手を重ねる。

クリスにエスコートされ、中庭の奥へと歩いていく。

スムーズなエスコート。背も私とそんなに変わらなかった四年前よりずっと高くなってスラリとしている。

鍛えているのであろう、添えられた手にはたこができていて、ゴツゴツしていた。クリスの努力の証《あかし》や四年前との違いが、会わなかった四年の歳月を実感させる。

クリスはまっすぐ前を向いて歩き、私を見てはくれない。

足取りは私に合わせてくれているが、ピリッとした感じがする。……何か気に障るようなことをしたのだろうか……それとも…………。

声も低くなっているし、変えていたんだろう……髪の色も違う。

……まるで違う人のようだわ。

なぜか急に悲しくなった。

「リリィ……こっちに見せたい場所があるんだ。……リリィ？」

クリスはやっとこちらを振り向く……。

でも私は俯いたまま、顔を見ることはできなかった。クリスに嫌な顔をされてしまったら、このまま泣いてしまいそうだった。

「殿下……」

……クリスが息を呑《の》んだのがわかった。

やはり、何か怒らせてしまったのだろう……胸が苦しくなる。

「いつも通りクリスとは呼んでくれないの？　…………リリィ怒っているの？」

「……いいえ。怒っているのは殿下の方でしょう？」

「っ！　私がリリィに怒るなんてありえないよ。だって、くじだってリリィと二人になりたくて、私が仕組んだものだしね」

驚いて顔を上げると、心配そうに私を見つめるクリスのブラックラブラドライトの瞳と目が合った。

この不思議な、黒いのに青く耀く瞳に引き寄せられてしまう。

「リリィ……会いたかった」


クリスに抱きしめられている。

私だってずっと会いたかった。四年前の冬に別れてからずっと会いたかったのだから。

あの頃は、まだ自分の気持ちに気づいていなかった。

ただ何となく、心にポッカリと穴が空いたような寂しい気持ちだった。こんなに寂しいのはお友達と『さよなら』したからだと思っていた。

会えなくはなったけれど、私とクリスの手紙のやりとりは続いていた。

ほとんどは日常の他愛《たわい》のないことをお互いに書いていたけれど、手紙を見るだけで心がほんわかと温かくなった。

可愛い小鳥にも癒されるし、なによりも魔法が発動する瞬間が美しい。もとのクリスタル自体も光を受けてキラキラと輝いているのが、素敵なのだけれど……手紙がくる時の魔法の光を纏って、キラキラ輝きながら私の周りを飛び回るのが、私の想像していた魔法そのもので大好きだった。

それを見るのが楽しみで、手紙がくるのが楽しみで……。

ずっとそう思っていた。

ある時、クリスがお家の事情でどうしても忙しく『一、二ヶ月は手紙を出せないけれど心配しないで』と書いてあった。

寂しいけれど、頑張ってね。とすぐに返事を送った。

その頃、私も本格的に治癒魔法の勉強や医療魔法を学んだり、お兄様と救護院へ通ったりし始めていたので、毎日がとても忙しく充実していた。

それなのにそこからの一ヶ月が、とても長く感じた。クリスは大丈夫だろうか。風邪《かぜ》でも引いてないだろうか？　怪我は？　クリスのお家は何をしているの？　クリスは何をしているの？　どこにいるの？

まだ忙しいの？　……さみしい。

こんな気持ちは、初めてだった。

一ヶ月半過ぎて、やっとクリスから手紙が来た時は嬉しくて嬉しくて、ベッドの上を転げ回った後、枕《まくら》に顔を押し付けて『くぅ〜』と声にならない声をあげていた。


なんでもないやりとりが宝物のようだった。『会いたい』の一言に心臓が躍る。愛称で呼びたいと言われると嬉しさがこみ上げる。

私はクリスのことが好きなんだ。

いつからだったんだろう。何がきっかけだったんだろうと考えてみても、答えはわからなかった。

前世で、夢にみていた初恋には、気づいたら落ちていた。

ううん。クリスは最初から特別だった。クリスを感じて森へ行き、クリスに会って……もう、きっとその時には好きだったんだろう。

話し方も、笑顔も、優しい瞳も特別。手紙も、そこから受ける印象も、なにもかもが特別。

……あれから四年、手紙ではやりとりしていたけれど、こうやって顔を合わすのは久しぶりだ。

……まさかコケシ姿で、初恋の人に会う羽目《はめ》になるとは思わなかった。軽く絶望してしまう。

「殿下……あの……」

とりあえず離してもらわないと私の、心臓がもたない。

「クリスだ。……呼んでくれるまで離さないよ」

「呼ぶわ！　呼ぶから離して、クリス」

解放されると……お互いの顔が見える。クリスの耳も赤くなっていた。私はきっと全身真っ赤だろう。

「聞かれたり見られたりしたら大変でしょう？」

「結界を張ったから大丈夫だよ。さぁ行こう」

今度は昔みたいに、私の手をギュっと握って手を引いてくれた。

中庭の奥の方に行くと、開けた場所があり小さな池があった。そこには様々な花が咲いていた。

可愛らしい小さな白い花がたくさん咲いている。

この白い花は、あの泉の近くに咲いていていて一緒に摘んだり、押し花を栞《しおり》にしたりしてあげたこともある花だった。

「このお花……」

「あの泉に咲いていただろう？　ここにいると、あの泉を思い出すんだ。私はいつもこの池の側で、あの場所とリリィを思っていたよ」

クリスは恥ずかしいことをどんどん言ってくる。でも、それすら嬉しく思う私は、重症だった。

池の近くの四阿《あずまや》に腰掛けてクリスは話す。

お兄様と普通に手紙のやり取りをしていたこと。

婚約者候補の中に私の名前を見つけて、飛び上がるほどに嬉しかったこと。

リチャードがくじを細工してくれたこと。

今日は二人で話したかったこと。

この池を二人で見たかったこと。

「王子だと言い出せなくてごめんね。でも、絶対リリィを迎えに行くつもりだった。私は、リリィ以外を選んだりはしないよ。リリィがいいんだ。……受けてくれる？」


本当は舞い上がるほど、嬉しかった。

返事をしかけて……乙女ゲームのことが気になった。

このまま、乙女ゲームの通りに婚約者が決まるのだろう。

今のペアそのままに……。

そうしたら、学園に入ってヒロインが現れて……ヒロインが選んだのがクリスだったらどうしよう。

ううん。クリスを選ぶとかじゃなくても、クリスがヒロインを選ぶかもしれない……。

そうだわ。攻略対象と呼ばれる六人は、みんなヒロインと恋に落ちてしまうかもしれない……。

落ちないかもしれないけれど……どこまでがゲームの通りなのか、ここまで酷似していると完全に否定できない……。

婚約者になれて、期待して、振られるなんて……。

とてもそんな恐怖に勝てる気がしない……。

「……リリィ？　一族のこととか、気にしてるのは知ってるけど、私はリリィが嫌がらない限り、絶対に諦めない」

そう言って、手の甲に軽くキスを落とすクリスは本当に物語の王子様に見えた。

ランスロットの悩み

王宮のお茶会に行くリリィと一緒に、私も王都にあるタウンハウスに来ていた。

物心ついてから王都に出るのは、私も初めてだった。以前両親に連れられて魔力鑑定に王都の神殿に来ているらしいが、二、三歳頃の話で記憶にはない。

王都は領地とは違い、人も多く石造りの街並みが美しい都だった。王都内の街道には花や街路樹が美しく植えられており、メイン通りをまっすぐ進んだ先に見える宮殿は、こんなに遠くから見ても大きく絢爛《けんらん》豪華だった。

クリーム色の壁に緑色の屋根、シンメトリーな宮殿は美しく一枚の絵画のようだ。父曰くお城の前に噴水のある池が広がっていて、そこに映るお城がまた美しいらしい。

ご機嫌斜めなリリィの興味をひかせるために、美しいお城の様子を父が必死に説明していたのを、私も聞いていたが……確かに美しい。

妹の大好きな夢物語に出てきそうなお城だった。

……あんなに絢爛豪華な、力の象徴とも言えるお城に向かわなくてはいけないリリィを思うといつも以上に心配でたまらない。

あの冬が明けて春になった頃……王家から公爵家に手紙が、しかも私宛《あ》てに届いた時はいつも冷静な執事達も動揺を隠せないようだった。

家令に至っては私が何かやらかしたのではないかと、私の代わりに死ぬことも辞さないと言ってきた……それ、嬉しいのか、嬉しくないのか判断が難しいからやめてくれ。

クリストファー殿下は、やはり私が彼の正体に気づいていたことを察していた。

そこから、定期的にリリィの様子やお互いの近況を報告しあった。

手紙には呪いの原因について調べたことや、魔女の力についても書かれていて、そんな秘密を書いて大丈夫か心配すると、クリスの魔法によって保護されており、私とクリス以外には読めないようになっているらしい。

試しに一度リリィに手紙だけ見せたが、白紙の手紙に見えるらしく首をかしげていた。

クリスの魔法はすごい。

見たことも聞いたこともない物が多く、いつも驚かされる。ちなみに、返事も同封されている紙に書く。紙に魔法を施《ほどこ》しているらしかった。

そして、銀の一族のことや族長のことを聞かれた際……リリィと結婚したいということが書かれていた。王族に嫁ぐということが大変なことは、クリスの毒を見ても想像がつく。可愛い妹をそんな大変なところに送りたくない。しかし、どう見ても二人は両思いだ。私の気持ちは揺れていた。

しかし素直なクリスの気持ちに、いつしか応援したくなっていった。

魔力鑑定した公式な記録には、リリィと私は同じくらいの魔力量だと記録されているはずだ。だから、私が族長になることでクリスが娶るのは問題ないのではないかと返事を書いた。

ただ、父の娘愛が恐ろしいことを追伸しておいたので、問題があるとしたら父くらいだが……クリスならうまくやるだろう。


あれから四年が経ち、リリィの婚約の話が出ていると聞いて、クリスが動いたのかと思ったが、どうやら違うようだ。とりあえず五大公爵家から婚約者をだすが、王太子が決まっていないから、誰の婚約者になるかまでは決まっていないという。

特例が認められている王以外は、王族であっても妻は一人だ。だから婚約者はとりあえず一人しか決められない。

今までとは違い王子が複数いることで、婚約者に選ばれたとしても相手の王子が王にならない可能性もあるのだ。その時には正妃でなくとも、王の妃として娘を王宮にあげたい。

そのためにそれぞれの一族の動きが難しいらしい。

今回は、公爵家のバランスのために同年の三人の令嬢が選ばれていた。赤、青、銀の一族が、皆同じ年の娘がいたので、顔を合わせてから婚約することになった。

赤のロートシルト家は何人かの令嬢がいて、どの王子が王になっても良いように準備しているらしい。

青のアンダーソン家は婚約者候補の一人と、もう一名が名乗りをあげているらしい。

黄のケラヴィノス家は娘が一人しかいないので正妃は諦めて、王妃としてあがり王子を生むことに重きを置いているらしい。

今の正妃様はケラヴィノス家の生まれだ。婚約者候補にあがるのならば、第一王子の従姉妹《いとこ》ということだ。もし、今回は王妃としてあがれなくとも、第一王子が王になるならば今回は出てこない可能性もある。

黒のグレンウィル家は女子がおらず、王妃候補はたてないらしい。

どちらにせよ、宰相や暗部を担《にな》う黒の一族はもとから王妃に積極的に関わってこない。もしかしたら女子がいても暗部として活躍しているため、表に出てこないだけかもしれない。

そして銀の一族のロアーヌ家は、保護される観点から基本的にはあまり正妃としてあがることはないが……今回は五大公爵家のバランスを保つ必要があったのと他の令嬢が皆リリィと同じ年だったので断れなかった。

父は王様と裏で解消も可能なように契約も結んだようだが……クリスがこのチャンスを逃すはずがないので、無駄《むだ》な努力になるだろうと思った。……リリィを大好きな父には言えなかったけどね。

父から私達やリリィに婚約の話がされた日には、クリスから婚約の顔合わせに向けて協力依頼の手紙が届いていた。……早いな。

リリィの美しさに兄弟もやられてしまわないように、細工してほしいとのことだった。

王宮では魔法を弾く結界があるため、姿を変える魔法ではなく化粧や他の細工が必要なことが書いてあった。

リリィには、解消する際に揉《も》めないようにした方が良いよと誤魔化した。ハズレ令嬢だと思われるようにしたら、相手も断りやすいんじゃない？　と提案すると、父だけでなくマーサまでも嬉しそうに協力を申し出た。

解消される前提に喜ぶ父は、どうかと思う。リリィはいつか結婚するんだよと言ったら拗ねてしまった。終《しま》いにはお前も娘ができた時にわかる！　と背を向けて拗ねている。父よ……。

とにかく、リリィを地味なハズレ令嬢に見えるように工夫してレッスンした。可愛らしく、美しいリリィを地味にするのは、なかなか大変だったが、はりきったマーサによってだいぶ隠されている。

でも近くで見るとバレてしまうので、俯いているように指示した。これならば、クリスも満足だろう。

リリィも大好きなクリスとの婚約なら喜ぶだろう。マーサはリリィがお城にお嫁に行くのを嫌がるだろうから、泣くかもしれないな。いや、マーサはお城でも、リリィについていってしまうかもしれないなぁ……。

お茶会の朝、馬車を見送った私は、クリスに再会して喜ぶリリィを想像していた。しかし帰ってきたリリィは、どこかぼんやりして何かを真剣に考えていた。

これはどういうことなのだろうか??

クリスに会ってない?

クリスとの婚約がいやだ?

誰かに意地悪された?

……どれも考えにくい。後で、話を聞いてみないと!

いったいどういうことなのだろうか……。

乙女ゲームは始まるのか

「……リリィ……？　大丈夫？」

お兄様？　……あれ？　お茶会終わったの？　お家？

お兄様が心配そうに私の顔を覗きこんでいた。

私……クリスに会って……。

あれって……私のこと、好きってことなの？

それとも、あの三人の中では私を選ぶって意味なの？

クリスの真剣な顔を見てると、とても軽い感じではなかったけど……でも、好きだと言われたわけじゃないもの……。

勘違いしてはダメよね……。やだ。泣きそう。

「お兄様？　私、あの……まだ、よくわかってなくて……。お城に……クリスがいたの。……クリス……王子様なんだって。そして、私を選ぶって言ってくれるんだけど……これってどういう意味だと思う？」

「え!?」

お兄様は瞳が零れるほどに目を見開いて驚いていた。そうよね。クリスが王子様だったなんて驚くわよね。お兄様もお手紙を交換してたのに気づかなかったのね。

「あのね。婚約者の中で、私を選ぶって言ってくれたんだけど……知り合いだからなのかな？　それとも、昔のことを気にしている感じかしら……。どうしたらいいの……」

「リリィ、ちゃんとクリスの話を聞いていたんだよね？」

「聞いていたわ。私が嫌がらない限り私を選ぶって言ってくれたわ。私……どうしたらいいのかしら……」

「…………っ。にぶい…………それとも……」

お兄様は、がっくりと机にうなだれて何か言っていたが、よく聞き取れなかった。


……それよりもしっかり考えなくてはいけないわ。私はクリスのことが好きだけれど、クリスは三人の中なら私を選ぶってことだものね……。

そして、ヒロインが現れたら……。

想像するだけで悲しくなる。

私だけが好きで、そのうち私の目の前でヒロインに奪われていく婚約者《クリス》なんて……想像するだけで悲しくなってしまうわ‼

そうよね。そうして、みんな悪役令嬢になってしまうんだわ！

だって、私という悪役令嬢は婚約者のことが好きなのに……。

「リリィ……ねぇ？　リリィ？　私の声が聞こえてる？」

「ごめんなさいお兄様。少し何かに囚《とら》われておりました」

「そうみたいだね。帰ってきてくれて良かったよ」

「でも、婚約破棄を前提にクリスの婚約者になるのは……つらいです」

「えええっ！　だからそのまま婚約して、結婚すればいいんじゃないの？　リリィは、クリスのこと……その……好き、なんだよね？」

お兄様の言葉にコクンと頷く。

「でも……きっとヒロインが現れて、クリスもみんなも……」

言いながら涙が溢れてきてしまい……いけない。こんな所で泣いてしまってはいけないわと思うのに、涙が止まらない。

お兄様がそっと背中を撫でてくれる。

「リリィ落ち着いて。……よく考えてみて。クリスのこともリリィの気持ちも」

「私の気持ち……？」

「そうだよ。難しいことを考えるより……まずはリリィがどうしたいか、よく考えて。私もできる限りリリィに協力するからね！」

ね。っとウィンクするお兄様。

お顔はお母様そっくりなのに、こんなところはお父様そっくりなのね。

「お兄様ありがとう。私、よく考えます」

お兄様は「大丈夫だよ」と優しく微笑んでから、部屋を出ていった。

私の気持ち……。

そうよね。ゲームの知識に引きずられてしまって、大切なことを見失ってしまうところだった。

私は今を、ここで生きているんだもの。

決して、病室で物語を読んでいるわけじゃない。

ちゃんとクリスに私の気持ちを伝えなくちゃ。

『伝える』『伝えられる』相手がいて、『伝えたい気持ち』があるって凄《すご》いことだって、私は知っていたのに……。

他のことに気をとられて、見えなくなってしまうなんてもったいない。

乙女ゲームのシナリオが進むかどうかはわからない。

類似性が多すぎて無視はできないけれど、私は私の気持ちや私の大切な人や大切な物を、ちゃんと大切にしたい。

お兄様は凄い。

良かった。気づけて。お兄様ありがとう。

ランスロットの可愛い妹

私はリリィの部屋から出てパタンと扉を閉めると同時に、思わず大きなため息をついてしまった。うん。

驚いた。

リリィの鈍さに驚いた。

まず、クリスが王子だということに全然気づいていなかったこと。

リリィは確かに、相手の身分等にあまり拘《こだわ》りがなく、貴族でも平民でも気にせず仲良くしていた。

でもまさか、王子に対面するまで気づかないほどに、相手の身分について拘りがないなんて……好きな相手のことなのに、相手の身分について考えていなかったようだ。

身分の理解がないわけじゃないようだから放置しておいたが……これからは一族しかいない領地ではなく、貴族社会の王都で王子の婚約者として生活するのだから、もう少し教育が必要かもしれない。

リリィは人の心の機微《きび》には敏《さと》い方なのに……こと、恋愛方面においては……壊滅《かいめつ》的だと思う。

領地内でも『可愛い娘』『可愛い妹』だと、父も私もあまり妹を外に出したがらなかった……だから、友達も数えるほどしかいないし、そういった恋愛方面の話をする相手がいなかったことは想像がつく。

それにしても、ひどい。

クリスの気持ちにも全然気づいていない！

しかも、三人の中からなら自分を選ぶって……。クリス……リリィは鈍いんだから、直接的に言わないと伝わらないよ！　あんなに私宛ての手紙に熱烈な告白が書いてあったのに、全然ダメじゃないか！

大切な妹を泣かせるなら、協力できないよ！　って最初こそ思ったけど……。

むしろリリィが鈍くて、クリスごめん。

かろうじて、自分の気持ちには気づけていて良かった……。そこからだと手に負えないよ。しかし、気づいたばかりかもしれないなぁ……。

でも、私から伝えるものでもないしなぁ……。

誤解しているよ、とだけでも伝えた方がいいかな？

乙女の悩みと婚約者（仮）

ちゃんと気持ちを伝えなくちゃと、思った私は……気づく。

？？？　……どうすればいいの？

何て言えばいいの？

あれ？　いきなり「好きです」は、おかしいかしら？

おかしいわよね……。

でも、うまく言葉にできる自信がないわ。

いつものお手紙に書く？

ちゃんと会って言う方がいいかしら？

でも……会うには、お城に行かないと会えないのよね……。

王子様だもの。


これ、誰に相談すればいいの……？　お兄様に話すには恥ずかしすぎるし。マーサはクリスのことを知らないし……。リチャードも、男の子だもんね。相談されても困っちゃうわよね。……私も恥ずかしいし。

次の顔合わせの時に伝えればいいかしら？

あ、やだ！　なんだかドキドキしてしまうわ！

今、考えただけでこんなにドキドキしてしまうのに……。

言えるのかしら？

とりあえず……練習してみようかしら？

『好き』って突然言うわけじゃないものね。えーと……会うでしょ？

まずは、『こんにちは』でしょう？

……？

……??

『好き』？？？？


なんか違う……私でもわかる。

漫画や小説とかって、どうなってたかしら？

パンをかじりながら走って、ヒーローにぶつかるとか……。

不良に絡まれているところを偶然助けてもらうとか……。

放課後、校舎裏に呼び出して告白するとか……。

これって普通にあることなのかな？　あるあるなの？　それとも、漫画のお約束なの？

……普通がわからないから、ダメだわ。

参考にならない。


そうよ！　乙女ゲームではどうなってたかしら？

彼女との話を思い出す……。

『剣の試合があって、応援に行くのよ！　お弁当を差し入れるんだけど、好きな食べ物を入れると好感度が上がって、それはそれは素敵なスチルが見られるのよ～。騎士だから優勝候補なんだけど、私のために優勝するとか言ってね！　きゃ～たまらない‼』

……そうだわ。友達は騎士様推しで、王子情報が少ない……。

第二王子の話……何かあったかしら？

『あ～金髪ツンデレね～。私ツンデレ萌《も》えないんだよね。なんか会った時に嫌な顔されると、へこまない？　地味令嬢が弱いから、簡単なら攻略してみようかな～と思って近づくと睨まれたり嫌がられて、イヤになっちゃうんだよ～。ライバルが手強《てごわ》いか攻略対象が手強いかって感じだよー。だから攻略していないんだよね。やっぱりさ～強いヒーローから、「お前を守りたい」とか言われたい～！』

クリス……手強いの？　近づくと嫌がられちゃうの？　睨まれる？

あんまり近づきすぎないようにしなくちゃ。

でも……クリスっていつもニコニコして、私の話を聞いてくれて……ツンツンしていない気がする……⁇

やっぱり違うのかも……全然参考にならない。

そんな時、クリスから魔法の手紙が届いた。

やっぱり綺麗な魔法。そして、クリスからの手紙というだけで嬉しくなってしまう。

手紙には、久しぶりに会えて嬉しかったこと。

クリスは私を婚約者に選ぶ旨《むね》、陛下に伝えたことが書かれていた。

ツキンと胸が痛くなる。

私は今日の手紙には、特別な言葉を期待していたのかもしれない。私が好きだから、とか……そういった言葉があるかもしれないと。

勝手に期待して、期待した言葉がなくて悲しむなんて……自分勝手な私自身に呆れてしまう。

その日、私はクリスに返事を書けなかった。


翌朝、お父様を通して王宮から第二王子の婚約者に仮決定したと伝えられた。

なぜ『仮』なのかとお兄様が聞いていたが、正確な理由は誰にもわからないとのことだ。

お父様の考えられる理由は二つだそうだ。

一つは学園に通う十五歳から、デビューまでの一年間に他のお相手を見初《みそ》める可能性を考えているのではないか。（もしくは、銀の一族への配慮《はいりょ》があるのではないかという）

もう一つは『王太子にふさわしい王子』に『王太子妃にふさわしい令嬢』のペアを組み直す可能性を残したのではないかという。


確かに……ありえそうな話だ。

王家も三人の王子に混乱しているのだろう。

正式には社交デビューの十六歳で婚約披露《ひろう》すると伝えられた。

そのため私とお兄様は、これから銀の領地を出てお父様の住む王都のタウンハウスに移ることになった。

そして春から、お妃教育のためにお城に通う。

三人まとめてお妃教育するとのことだ。王太子妃の見極めも兼ねているのかもしれない。

お兄様もクリスの側近候補としてお城に通うと聞いて驚いた。私は週に二、三回だけれど、お兄様はほとんど毎日行くらしい。

お兄様の方が大変なんじゃ……。

側近兼、友達兼、学友兼、等々いろいろと兼ねているから、毎日一緒にいる必要があるらしい。

お兄様はリチャードにも久しぶりに会えるな。なんて喜んでいたが、お父様は『銀の一族から側近をとるなんて……』とぶつぶつ文句を言っていた。


私は今日も返事を出せないでいた。

告白

理由もなく（理由はあるんだけど）手紙の返事を出さないのは……この四年間で、はじめてのことだった。

何度も返事と私の気持ちを書こうと思ったけれど、うまく書けないし、時間が経てば経つほど余計に書けなくて……私自身も困っていた。

お茶会からもう四日、婚約内定から三日経った夜。

手紙を前に今夜も私は悩んでいた。机の上には、クリスタルの小鳥が蝋燭《ろうそく》の光に反射して、ゆらゆらと揺らめきながら光っている。

魔法の光源もあるが、寝る前はこの蝋燭の小さな光が気に入っている。

前世で言うアロマキャンドルのように蝋燭に香《こう》を混ぜ込んでいる。家の庭師と一緒に私が作ったものだ。うっすらとラベンダーの香りがして心地よい。

落ち着いて手紙を書けるかな、と思ってラベンダーの香りにしてみたけれど……。


ふぅ。

小さく息を吐いて、椅子から立ちあがる。窓から外に浮かぶ月を見上げた。

大きな月。この世界の月は青白く光る。

基本的には地球の月に似ているが、年に二回は二つの月になる。たぶん普段からこの世界の月は二つあって、重なって見えているのだろう。地球に似た、地球ではない世界なんだと実感したのは、この二つの月を見た時だ。

魔法を見た時は、私の想像の魔法との違いや興奮、嬉しさが勝って『世界が違う』というところに考えがいかなかった。

ただ、月を見た時は違った。

ああ、本当に違う世界にいるんだって実感した。

悲しむとか、喜ぶとか……そういうものじゃなくて。受け入れたんだと思う。

前世も、今世も。

月が……以前に私が違う世界に生まれたことを色々受け入れた時のように、背中を押してくれるのではないかと思って眺める。

少しでも近づきたくて、バルコニーへ出る。

冬の空気は私の顔を刺すように冷たい。ふるっと身体が震えた。刺すような冷たい空気は澄んでいて、私の鼻腔《びこう》から肺までを刺激する。鼻の奥がつんとする。この感じは泣きたい時に似てる。


泣きたいのかな……。

ふわっーと風が吹き上がる。寒さにぐっと身を縮ませ、ストールを握り締める。私の髪を風が悪戯《いたずら》に舞い上げてしまったので、直しながら、ふぅと息を吐く。息は真っ白だ。

「月が綺麗ですね……って通じればいいのに……」

顔を上げながら、つい口からそんな言葉が零れ落ちる。

「それはどういう意味なの？」

不意にバルコニーの陰から声がする。

急なことで一瞬、ヒッと悲鳴を上げそうになる。声にならない音が出たが、声は出なかった。

そして声の主に思いあたり、少しだけ落ちついた。でも、まだ心臓はドキドキしている。心臓の

音が響いて、うるさいほどに感じる。驚きすぎてしまったけれど……悲鳴がでなくて良かった。

「ごめんね。驚かすつもりじゃなかったんだけど……。でも、どうしてもリリィと、ちゃんと話がしたくて……少しだけいい？」

なぜここにいるのか、どうやってこの二階のバルコニーに来たのか疑問に思うことがたくさんあるけれど……。まだ驚きすぎて声が出ないのでコクンと頷いた。

「リリィ……怒ってる？　突然来たことも、この間のことも」

私は首を横にふって怒っていないことを伝えた。口はパクパクするだけで、まだ声が出ない。

「リリィから手紙の返事がないなんて、はじめてで……お茶会の後だったから……リリィは私の婚約者になるのは嫌だった？」

クリスが眉《まゆ》をひそめて、泣きそうなとても悲しそうな顔になる。そんな顔をさせたいわけじゃないのにうまく言葉にも、手紙にもできなかった自分を悔《く》いる。

「違うの」

慌てて話し始めると、少し掠れた声が出てしまう。それでも、懸命に続ける。

「あの……なんて言ったらいいのかわからなくて……。うまく手紙に書けなくて、それなら会って言う方がいいかなって考えたり……そしたら、どんどん返事ができなくなっちゃって……。ごめんね、クリス」

「私がどうしてもリリィの婚約者になりたかったから、兄弟達とも話をさせなかったし、強引《ごういん》にしてしまったせいで怒らせたのかと思ったんだ。リリィの気持ちを聞かなくて、私の気持ちばかり押しつけてごめんね」

クリスはまだ、部屋の扉近くの陰にいる。この距離がもどかしい。

クリスは息を吸ってこちらに一歩踏み出す。

「……それでも。私はリリィとの婚約を破棄してあげられない。私は、はじめて会った時からずっと君に惹かれてる」

月の光がクリスの顔を照らし出した。

「……リリィが好きなんだ」

ぽろりと涙が零れる。嬉しくて止められない。身体は一歩も動けない。

「ごめんね」

クリスがさらに悲しそうに顔を歪《ゆが》める。

「違うの。……嬉しいの」

目の前まで来てくれていたクリスにぎゅっと抱きつき、やっとの思いで言葉に想《おも》いをのせる。

「私も……クリスが……その……好き……なの」

クリスがぎゅっと私を抱きしめかえしてくれる。最後の方は恥ずかしすぎて、声が小さくなってしまったけれど、小さな声はちゃんとクリスに届いた。……嬉しい。

しばらく抱き合ってクリスが小さく、ごめんと言って身体が離れた。手は握られたままに、顔を合わせる。

私の顔は真っ赤だろう。

話を変えようと思ったのか……。

「そういえば、さっきの月が綺麗ってどういう意味なの？」

……追い討ちをかけられた気分だ。でも、また後で説明しても恥ずかしいだけだから、今説明した方がいいかもしれない。

「遠い国の話なの。外国語を母国語に翻訳する時にね。『私はあなたを好きです』をそのまま翻訳したら、つまらないだろうって言った先生がいてね。じゃあ、なんて翻訳したらいいですか？って生徒が聞くと『月が綺麗ですね』って翻訳したら素敵だって答えたの。だからその国の人達の中では『月が綺麗ですね』って言われたら『あなたのことが好きです』って伝わるっていうお話なんだけど……」

説明し終わったと思い顔をあげると、真っ赤な顔をして片手で口元を押さえるクリスと目が合う。瞳は零れんばかりに見開かれている。

私もこんなに動揺するクリスを見て驚いてしまう。

先にクリスが顔を背《そむ》けてしまった。

じゃあ、あれは私に……？　ということは……本当に？　と小さく呟き、振り向いたと思ったら、再びぎゅっと抱きしめられた。

「ごめん。嬉しすぎて、なんて言ったらいいかわからない。とりあえず、今日は帰るね。……急に来てごめん。これも今度説明するから、秘密にしておいて。……おやすみ」

月明かりでもわかるくらいの真っ赤な顔でそういうと、クリスは手紙の時のようにキラキラと輝きを舞い散らせたと思ったら、消えていた。

魔法

クリスの消えたあとに残る、キラキラとした輝きを見ていた。空気はこんなに寒いのに、顔が熱くてしょうがない。

寒さに気がつき、慌てて部屋の中に戻る。さっきのクリスとのやりとりを思い出すと、とても冷静にはなれない……冷静になりたくて、クリスの魔法について無理やり考える。

転移魔法。

記憶が戻った私が、魔法と聞いて一番はじめに思い描いた使ってみたい魔法は『治癒』と『飛行』と『転移』だった。

幸運にも銀の一族は『癒』特化の一族で、『回復』『治癒』『治療』『解毒』『浄化』『解呪』『復元』『異常状態解除』等がよく知られている銀の一族の魔法だ。

私は前世の記憶から、この一族に生まれてきたのかもしれないと思っていた。私が一番欲しかった力だったから。

私は病院のベッドの上で、勉強することも好きだった。知識は私を知らない世界に連れていってくれるから。まぁ、子供用の図鑑が一番好きだったけれど……。宝石や石、花や虫といった図鑑だ。ずっと本に載っている写真やイラストを見ていた。地図や景色の写真集も好きだった。そこに飛んでいったり、瞬間移動ができたりしたらいいなぁ……とよく考えていた。

だから、空を飛んだり瞬間移動できたりするかもと期待したけれど……調べると、この二つはないことはないが、とてつもなく大変な魔法だった。

空を飛ぶことに関しては、『緑の一族』の風の力を使うのだが……緑の一族は、ほとんどが平民で魔力量を多く持つ者が少ない。族長も伯爵位で、おっとりとした性格の、領地で耕作に力を注ぐ人だった。

むしろ緑の一族よりも、高濃度魔力保持者の風の力を得意とする別の一族の人の方が風の魔法を使えるようだ。

緑の一族の魔法は『風刃』『風矢』『嵐風』という攻撃的なものもあるが、『飛行』『大地の風』『眠り』『蔦《つた》捕縛』といった風と植物の力を使う。

『飛行』は風の力で身体を浮かして移動させる。女性でも四十キロはある体重を浮かしつつ、風に乗せて移動させる二つの魔法を同時に使用し続けるのだ。

すぐに魔力が枯渇《こかつ》して魔力切れを起こしてしまう。なので、よっぽどでない限り使用していない。

高い塔に外から登りたいとか、重い物を浮かせて動かす時に使用しているくらいだ。

瞬間移動に関しては『転移魔法』があったが、これは飛行よりもさらに大変だった。

十人から三十人くらいの魔術士と、転移に必要な魔方陣の双方が必要だった。

しかもシグナリオン国内は『金の一族』の『結界』があるため、国の許可が取れない限り『結界』に阻まれてしまう。夢の瞬間移動は国の大事に使われることがある。というくらいの大がかりな魔法だった。

それを一人で、しかも魔方陣もなくやってのけるクリス。

……いったいどうなっているのだろうか。

考えてみると、この手紙も何魔法に属するのだろうか……こんな（素敵な）魔法見たことも、聞いたこともない。クリスとの『秘密』だから誰にも聞いたことはなかったけれど……これはとても大変なことなのではないか……。

属性がなくても使える生活魔法のような、魔力があればだいたいの人は使える魔法もあるが……。

この世界の魔法は、想像力と魔力と相性が大切になる。


相性は、血で受け継がれる。それが一族だ。

ただし、他の魔法が使えないわけではない。各個人で相性が良ければどんな魔法でも使える。

ちなみにお兄様はああ見えて、闇魔法が得意だ。解呪や解毒を学ぶうちにかける方にも興味を持ち色々使えるようになったらしい。

妹は水魔法が得意なようだ。銀の癒しの力と相性が良いので銀の一族では、水魔法を得意とするものが一番多い。

だから銀の一族以外にも、簡単な治療魔法ならば使える人もそれなりにいる。特に、過去に銀の一族の血が入っている高濃度魔力保持者の貴族ならば、かなりの確率で使えるだろう。

ただし、銀の一族のように強い癒しの魔法を使えるのは、一代か二代までなので、一族の血が流れていても簡単な治療魔法しか使えないらしい。

私は元の魔力量もあるが、転生前の知識により、かなりの種類の魔法が使える……属性はあまり関係ないようだ。知識をもとに魔法を構築できると気づいた。

もちろん相性の良い癒しの力が一番使えるけれど……水蒸気や大気中の水分を意識すれば、水の精製などの水魔法をうまく使えること。空中の酸素を意識してイメージできると、火の魔法が強く使えることなどが実験でわかっていた。

同じ要領で、風魔法を使って飛んでみたが……疲労感がすごいので実際には使わないと思う。

……ちょっぴり嬉しかったけどね。


残る可能性は、精霊魔法だが……。

精霊魔法を使える人を私は見たことがない。

魔女のような特殊な魔女因子を持つ人達の中でも、ごく稀《まれ》に精霊魔法を使える人がいる、くらいの噂しか聞いたことがなかった。

とにかく、魔女は群れないし国に属さないので情報がない。

クリスの母親である王妃様は確か、魔女の血が流れていると聞くが、ご本人はほとんど魔法が使えないと聞いていた。

やはり魔女の魔法なのだろうか……。いつかクリスに聞いてみよう。

箒《ほうき》で飛べるかもしれない。

魔女の呪いと試練と祝福

春になると王城に上がり王妃教育が始まる。

それまでの間クリスは婚約者として、定期的にタウンハウスまで会いに来てくれていた。いつも一緒にお茶をしたり他愛ない話をしたりして、のんびり過ごすだけの時間だったけれど、本当に幸せな時間だった。

そして大切な話もクリスが結界を張ってくれるので、しっかりと聞くことができた。

聞かれたくないことでも、こうやって結界内で話すことができるし、手紙に書いても大丈夫とのことだ。手紙は私とクリスにしか見えないようにしてあると言っていた。

それでも心配なものだけは焼いておいた。

大切な私達の普通の手紙はしまってある。

そして、よっぽどの事態でなければ突然転移してくることはしないと、先日の訪問を謝っていた。

その前に確認の手紙を送ってくれるそうだ。


クリスに聞いたのは驚くことばかりだった。

やはり手紙やクリス自身の移動は、精霊魔法による転移を使っているらしい。

クリスは強い魔力に加え精霊魔法も使えること。

王妃様から受け継がれた魔女因子だが、王妃様はほとんど魔法や魔女に興味がなく詳細《しょうさい》がわからないために、王妃様の血縁の魔女に接触を図って色々教えてもらっているそうだ。

そのため、たまに魔女の知識を教わる代わりに魔女からの依頼をこなすことがあるという。以前二ヶ月近く連絡が取れなかった時も、魔女の実験の助手をさせられていたらしい。


その魔女と話したところ、あの呪いは『魔女の試練』ではないかということだった。

魔女には五歳から成人する十七歳までの間に『魔女の試練』が必ずくるという。試練の内容は、その時の担当魔女によるんだそうだ。それも、魔女の血が担当も相手も時期も決めるらしい。

それがたまたま『魔封じの呪い』による試練で、クリスが王族であったために毒による命の危機に陥った。……不運が重なっただけではないか、との見解だそうだ。

魔女の試練で『魔封じの呪い』はポピュラーな部類だそうで、自分で呪いを解くもよし、解ける魔女を探し出すもよし、とりあえず放置して魔法が使えない不便を満喫《まんきつ》するもよし……というものなんだという。

ただ、教えてくれた魔女には他にも気になる点があるそうで、それについては引き続き調べてくれているらしい。

「……というわけで、あの呪いは試練だったんだけれど、試練を乗り越えたから『魔女の祝福』を受けることができたんだ。祝福は血の中に眠る『魔女の知識』と『魔女の力』を目覚めさせてくれるもので、試練についてもわかったし母の親戚《しんせき》と連絡もとれるようになったんだ」

「……祝福……確かに解呪したあの時、祝福みたいに思えたものね」

「そう、そして使える魔力も増えたし、オリジナル魔法もかなり増えた。精霊との絆《きずな》も深くなったしね。……ほら」

そういうとクリスは、空を見上げて頷きパチッと指を鳴らした。するとキラキラと、いつもの光が舞い上がる。

そこに見えるたくさんの小さな存在。絵本の妖精《フェアリー》のように見える。

「わぁー！　なんて可愛いの！」

私は喜びの声をあげてしまう。くるくると喜び回る妖精達、小さな女の子のような妖精が私の頬にキスを落としていく。みんな嬉しそうで可愛い。私の肩やクリスの肩にもたくさん乗っていた。テーブルの上で、砂糖をいたずらしていたり、踊っていたりと仕草も全部可愛い。なかにはおじさんみたいな見た目の妖精もいたが、小さいので可愛らしく感じてしまう。

「精霊だよ。初めて会った時も、リリィの周りにはたくさんの精霊が見えたよ。リリィは精霊に愛されてる」

「そうなの？　いつも一緒にいるの？」

「そう。見えないだけでリリィの近くにはいつもいるよ。今、リリィの頬に触れた子がいつも手紙をやりとりしたり、転移のお手伝いをしたりしてくれる子なんだ。小鳥のクリスタルは彼女との契約の証、兼お家みたいなものかな」

「私も彼女と話したりできないの？」

「話したりはできなくても、クリスタルに魔力を流すと彼女の姿だけならリリィにも見えるよ」

「そうなの⁉　嬉しい！」

そんな話をしているうちに、キラキラは消えてしまい精霊の姿も見えなくなってしまった。

「見えないだけで、みんないるのでしょう？」

「そうだね」

「ふふふ。なんだか不思議ね。クリス、みんなに会わせてくれてありがとう」

見えないけれど、存在している……本当に素敵な世界だ。そして精霊に会えるだなんて、またひとつ私の夢が叶えられた。

ちなみに魔女の魔法でも、箒で飛べなかった。残念すぎる。

こうして穏やかな日常はあっという間に過ぎ、春が来て私が王城へ王妃教育に向かう日が近づいてきていた。

例のコケシ姿の方が良いか、クリスとお兄様と話し合ったけれど……もうクリスの婚約者に仮とはいえ決まっているので、しなくて良いと言われた。

……ゲームの舞台ではあの姿だったから、そんなことからもやはりここはゲームとは違うんだと再認識した。

王妃教育とライバル令嬢

私とリリィは、いつも通りの姿でお城に向かった。リリィは王妃教育に対しても、特に思うところはないらしく『勉強会って初めて』と笑っていた。……大物すぎる。

お出かけ仕様のドレスを着たリリィは美しい。兄の欲目ではなく本当に妖精のように見える。ハズレ令嬢で過ごすことも考えていたが、どうやら両思いになりクリスは安心したのか、いつもの愛らしい姿でいこうと決まった。

私はリリィよりも先にクリスの友人として王城にあがったが、お城でクリスと一緒に剣の稽古をしたり学習したりするのは、予想していたよりも楽しかった。王子に仕えるのも案外悪くないな、なんて思っていたが……。最近はリリィとの惚気話《のろけばなし》を聞かされるので、兄としては複雑だった。

森で一緒に遊んでいた時も思ったが、私とクリスとはとても気が合う。王族と付き合うなんて面倒だし、一族のこともあって側近候補は断れる立場だったけれど……リリィのことも近くで見守ってあげられるし、何よりクリスと一緒に過ごしてみて、やはりクリスのことも放っておけないと感じた。

そんなことを考えているうちにお城に着いたようだ。馬車を降りるとクリスが迎えに来ていた。

クリスはお城で、あまり愛想のない、何を考えているのかわからない王子だといわれていた。そして、あまり出歩かないので顔を会わせることも少ない王子とされているようだった。

そんな王子がわざわざ迎えに来て、見たことのない笑顔で馬車から降りる婚約者をエスコートしている。手を取りステップから降りるとぐっと腰を引き寄せる。流れるような仕草に、やはり王子様は違うな。なんて、違うことを考えていた。……そうでもしないとやってられない。

リリィなんて、クリスしか見えてないんじゃないか？

それを見ていた騎士や女官が一様に息を止め、幼いながらも美しい王妃候補に目を奪われていたのだが、クリスしか目に入らないリリィは気づいていない。そして、クリスは周りの牽制に来ているのだろう。……今、リリィに見とれているやつは気をつけた方がいい。

二人は笑い合いながら城を進んでいく。すれ違った貴族や女官、文官や騎士がそれぞれ色々な反応を見せていて面白いが、当の本人達は全然気づいていない。……いや、クリスは気づいているか。

顔合わせの中庭に入るとそれぞれの婚約者と王子が揃っていた。私達がテーブルに近づくと、みんな一斉にこちらを見て息を止める。

……そりゃそうだよな。あの姿から今日のリリィは想像できないよね。でも私とリリィは比較的似ているから、よく考えればわかりそうなのに。まぁ、クリスの作戦勝ちだろうね。

他の王子がどう思うかわからないけど……あの表情を見れば、考えるまでもないね。


今日はとうとう王城に行く日。

学校に行ったことのなかった私は、実はとっても楽しみにしていた。誰かと……といっても三人だけれど、お兄様以外と一緒に勉強するなんて初めてだ。ドキドキする。

ゲームではライバルという設定だけれど、私達はライバルじゃない。ヒロインに対してのライバルだから。王妃の座を争うわけでもない。争うのは王座を継ぐ王子達だ。

仲良くなれるといいな。

お城に向かうのはお兄様と一緒だ。とても心強い。

お城に着くとお兄様が馬車を降りてエスコートしてくれるはずが、クリスが来てくれていた。流れるようなエスコートにドキドキしてしまう。

「精霊達がリリィが来るのを教えてくれたんだ」

こっそりと耳元で教えてくれる。

「みんなにもお礼をしなくっちゃね。来てくれてありがとう。クリス。とっても心強いわ。やっぱり緊張するもの」

ふふふ。と笑い合う。


クリスとお兄様と顔合わせの中庭に向かうと、もうすでに全員揃っていた。私達の姿を見てみんな固まってしまった……。

そうだった。前回はコケシ姿だったのだわ。どう挨拶しようかと悩んでいると王妃様達がいらしたので、軽く挨拶をしてそれぞれのテーブルに着く。クリスのお母様とクリス、私とお兄様だ。

王妃様が席に着いて、私達にも着座を促す。そして、クリスに小声でいう。

「クリスお願い」

クリスは頷くと魔法を使ったようだったが、私達にはわからない魔法だった。

「これで私達の声も聞こえないし、他のテーブルからは普通に会話しているようにしか見えないから大丈夫だよ」

クリスの言葉を受けて、王妃様が私の手を握り頭を下げた。

「リリアーナちゃんね。……まずはこの子を救ってくれてありがとう。お礼が遅れてしまってごめんなさいね。公《おおやけ》にお礼に行くことができなくて……。あなたには感謝してもしきれないのに……婚約も受けてくれてありがとう」

「えっ！　あの……頭を上げてください」

まさか王妃様にお礼を言われたり頭を下げられたりするなんて思わず、驚いてしまった。王妃様は知っていたのね。……そうよね。お母様だもの。

「いいえ。私は母親で原因を作った魔女なのに、なんの対策もとれなくて……。あのままだったら、クリスを失うところでした。リリアーナちゃん、本当にありがとう」

「いいえ。間に合って良かったです」

「私は王妃としても何の後ろ楯も力もなく、クリスとあなたの力になることもできないの。ただ……あなたの絶対的な味方でいると約束するわ、なんでも話してね。仲良くしてちょうだい。……こんなふうに可愛い娘が欲しかったのよね。嬉しいわ」

と笑いながら言ってくれた。

「母上、そろそろ怪しまれるので普通に座ってください。魔法を解きます」

「ああ、そうね。ありがとうクリス」

そして手を離しながら「クリスの初恋なんですって、仲良くしてあげてね」と小さな声で言って離れていった。

私は、ただ顔を赤くして俯くしかできなかった。

そして王妃様やクリス達は執務に戻り、私達三人だけの授業が始まる。初日の今日は先生の紹介といくつかの資料を渡され、読んでくるように言われた。

そして、帰るまでの時間に三人でお茶をすることになった。

二人ともヒロインのライバル令嬢になれるだけあって、お茶を飲む姿も綺麗で完璧だった。素敵だなと思い、ぽーっと見とれてしまう。

「どうなさったの？」

見とれている私に気づいたアリシア様が声をかけてくれる。

「アリシア様もシルビア様も、私の大好きなお話に出てくるお姫様のようで綺麗だなと思ってました。アリシア様は燃えるような髪にエメラルドの瞳がとっても映《は》えて、凄く印象的ですもの！　シルビア様も海のような髪に月の瞳が神秘的ですし、お二人とも見ているだけで幸せな気持ちになりますわ！」

そう！　二人とも本当に綺麗なの。私の夢見たお姫様のようで見ているだけで嬉しくなってしまう。

「そっ！　……っ……あなた、何を突然」

意外にもアリシア様の方が動揺されて、頬が赤くなっていた。シルビア様はあくまで冷静に答えてくれる。

「……そんなことを考えていらしたの？」

「はい。だって、私達はこのままいけば義理の姉妹ですもの。王妃になるかならないかは王子様次第だし、同じ王の王妃になるわけでもありませんから、仲良くなれるかなと思っていました。私は領地に籠《こも》りきりでお友達もいなくて、お二人と仲良くなれたら嬉しいなと思います」

二人とも驚いた顔をしている……そんなに変なことは言ってないと思うんだけど……ダメだったかしら？

「ふふ。リリアーナ様は不思議な方ね」

「本当ね」

「ところでリリアーナ様はなぜ、以前のお茶会ではあのようなお姿だったのです？」

さすがシルビア様、ずばり聞いてくださるのね。

「実は……銀の一族として、王妃候補から外れたかったのがひとつ。そして……私、クリストファー殿下とは知らずに以前に殿下とお会いしたことがあって……その……」

「あら、お二人はお知り合いでしたの？」

「はい。会ったのは数回なのですが……」

「ということは……お二人は元々思いあっていらっしゃったの？」


そこからは、お兄様がお迎えにくるまでキャーキャー言いながら恋の話で盛り上がってしまった。

みんな女の子だもの。恋に憧れがあるのよね。ちなみに、お二人とも婚約者の王子様に心惹かれているようで、それについてもまた一緒にお話ししようと、お茶会の約束をして別れた。


帰宅中の馬車の中で、お兄様がにこやかに話しかけてきた。

「リリィ、今日は楽しかったみたいだね」

「そうなの！　王妃様も優しかったし、アリシア様とシルビア様と、今度一緒にお茶会をする約束もしたのよ。二人ともお姫様みたいよね‼　私、お二人と仲良くなれたらいいな」

初めての勉強会というものに参加できたこと。そして、ライバル令嬢の二人と仲良くなれそうな、お友達になれるかもしれないという、期待で胸がいっぱいな初日だった。

それから始まった王妃教育は厳しかったけれど、もともと『学んでみたい』という気持ちの強い私には興味深く学びが多いものだった。さらに、意外と世話焼きのアリシアとシルビアに可愛がられながら、楽しく過ごしていた。こうやってお城に通うことにも慣れて、私達三人はどんどん仲良くなっていった。

最近の楽しみは、授業が終わってからのお茶会だ。

これ……知ってる！　学校帰りに中学生とか、道路でたむろしてお話しして帰るやつね‼　すごい！　ちょっと違うかもしれないけど、きっとこれだわ。漫画で見たような駄菓子屋さんやコンビニなんかでの買い食いとかはできなくて残念だけど、お茶をしているからきっと近いはず。本当に楽しくて、そして話したいことがたくさんありすぎて、ついつい話し込んでしまう。

話の内容は「今日の授業をしてくださった侯爵夫人は厳しい先生だ」とか愚痴を言いあったり、お互いの婚約者とのお茶会の様子だったりする。ううん。ほとんど、婚約者の話かもしれない。だって、私達はこの三人以外に、婚約者の王子のことを気軽に話せる相手なんていない。でも、話したいのだ。自分の好きな人のことを。

アーサー様は、柔らかそうな金の髪が緩く巻いてる癖毛《くせげ》で、短すぎない髪が美しく整っている。

目は少したれ目気味で泣き黒子《ぼくろ》があるのが、色気がある。さすが、乙女ゲームのメインヒーローだ。幼くてもいろんな女の子やお姉様方からお声がかかるらしい。そのたびにアリシアはヤキモキしているんだそうだ。お互いに強気な二人は、良いパートナーと認めあっているようだが、それ以上の関係にはならないらしい。

素直になれない所まで二人はよく似ている。

アーサー様は確か……ヒロインのハキハキしている所、物怖《ものお》じしない所、頭の良い所、優しくて純真な所に惹かれるのよね……？　あれ？　アリシアは結構このタイプじゃないのかしら??

ゲームでは彼女のことを、傲慢で意地の悪い婚約者と言ってたはずだけど……誤解があるのね。うん。この二人の誤解を解いてあげたいわ！　だって、アリシアはどちらかというと、ツンデレだもの。デレたアリシアは絶対可愛いわ！　それにアーサー様の好みのタイプのはずだもの。

ジェラール様は、ストレートな金の髪で、優しそうな微笑を崩さない方だ。私もあまり話さないし、ジェラール様も話さないので会話はあまりしたことがなかった。シルビアは大人しそうなジェラール様についつい世話を焼いてしまって、いらないことまで言ってしまうため怖がられているかもしれないと悩んでいた。

確かに、ゲームでも大人しい弟キャラだったし、二人の強烈《きょうれつ》な兄に押される優男《やさおとこ》系だったはずだ。でも、本当は優しいシルビアとは、きっかけさえあれば、うまくいくと思うんだけどなぁ……。

確か、冷たくて口を開けば嫌味ばかり言う婚約者が苦手で、誰にでも優しく明るいヒロインに惹かれてしまうのよね。シルビアは冷たく聞こえるだけで、本当はとても優しいのに……。

銀の領地で引きこもって生活していた私には、シルビアの裏表のない言葉には本当に助けられてきた。王都に来た当時は貴族特有の裏にふんだんに含みをこめた言い回しは、苦手だしよくわからなかったのだ。

いつも、シルビアが教えてくれたり、フォローしてくれたりするので、最近はやっと馴染《なじ》んできたと思う。

（そう言うと二人に笑われるんだけれど）

そして私にはストレートに話してくれるし、きつく聞こえる時の言葉も、それはシルビアの優しさからくるものだとわかる。

シルビアはしっかり意見してくれているだけで、傷つけるつもりもないし、冷たくもない。まわりが勝手に解釈しているだけなのだ。むしろ、はっきりした口調とは別に可愛らしい一面があって、ギャップ萌えだと思うんだけどな。私の中では、シルビアは面倒見のいいお姉さんなんだもの。

乙女ゲームのように、それぞれがすれ違って婚約破棄してしまわないように……誤解を解かなくっちゃ。私は新たにそう決意し、一人拳《こぶし》を握るのであった。


そんなことを考えつつ、今日もいつも通りお城に通う。今日の王妃教育は地理だったので、比較的早い時間に終了した。次の予定までかなり時間があったため、授業後は一度解散となった。地理の授業は色々な国の場所や名所、産業や特色などを合わせて学べるので、とても楽しい授業だ。

今年の授業はいわゆる導入のようなもので、来年くらいから主要な大国の現地語で、その国を学ぶ授業があるらしい。言語は基本……できて当たり前という前提だった。そのためこうした空き時間に、私は他国の言語の足りないところを必死に学んでいる。

私も自宅にいた頃から、様々な国の言葉を学んでいるけれど、専門的な言葉までは難しい。王子様達はもっと小さい頃から様々な言語を学んでいて、王族って大変なんだと身をもって知った。時間が合えば、アリシアやシルビアも一緒に自習している。

そして、勉強の後は王妃様とのお茶会か、それぞれの婚約者とのお茶会か、私達三人のお茶会をして帰るのがお決まりの流れだった。

そして、二ヶ月に一度くらいの頻度《ひんど》ではあるが、王子様達と婚約者の全員参加のお茶会が開かれる。

お兄様が言うには今までそんな前例はなかったので、今後婚約者の入れ替えがあった場合に入れ替えやすくするためにとか、仲たがいをさせる何かを仕組むためになど、どこかの貴族の思惑《おもわく》で仕組まれているのではないか……とずいぶん心配していた。

……お兄様は様々な思惑を心配していたけれど、私としてはこのお茶会は大歓迎だった。だって、このお茶会の間はそれぞれの様子が自分の目で見られるんだもの。

今日も定例の六人全員でのお茶会だった。何度目かの開催となるけれど……いまだに、他の二組は険悪《けんあく》な様子は見られないが、打ち解けた様子も見られない。

このまま乙女ゲームのように、婚約者同士の仲が悪いという状況になってしまうのだろうか……？　少し不安に思いながら、クリスにエスコートされて、中庭に向かう。

私達がテーブルに近づくと、テーブルにはアーサー様が一人で座っていた。アリシアはどうしたのだろうか？　授業の後、私たちは一度各自に与えられている部屋に戻って、このお茶会のために着替えをしていた。それから、いつものようにそれぞれの婚約者と来るのだと思っていたけれど……。

不思議に思って聞こうかと思った時、向こうから騒がしい声がするので振り向いた。

それは、中庭の出入り口近くにある、ダリアの花の咲く花壇の一角だった。私はその場面を見て、驚きを隠せなかった。……だって、これ、アリシアとアーサー様の回想シーンのイベントだったんだもの！　背景にあるダリアの花が印象的だったので、よく覚えている。

「ちょっと、あなた！　邪魔だからもう下がりなさい。私が呼ぶまで、顔を見せなくていいわ！」

ふん。と言わんばかりに付き添いの侍女に声を荒げている……ように見える。私の横でアーサー様が顔をしかめて見ていた。

……そうだった。これがきっかけになるんだわ！

アーサー様のなかでアリシアは、侍女や周囲に冷たく当たり散らす、我が儘《わがまま》で傲慢な令嬢のように感じるんだわ。

『なんの落ち度もない侍女に対しても、酷い態度をとる婚約者を幼い頃から見てきたよ。君にもそんな酷いことをしたのかい？　許せないな』

そうヒロインに話すシーンが、攻略本に載っていた。その回想シーンがまさに、この場面《シーン》だった。

このままだとアリシアとアーサー様が険悪になって、婚約破棄されてしまうわ！　そんなのダメよ！

……えっ？　でも待って⁇

ああ……。私は頭を抱えそうになる。

確かに、理由を知らない人にはそう見えるよね……。

ふぅ、と小さくアーサー様のため息が溢れていた。いけない。

「アリシアは優しいですよね」

「は？　あの態度は……」

「あの侍女は！」

私は不敬にもアーサー様の言葉を遮《さえぎ》った。アーサー様もクリスも少し驚いたような顔をして私を見ていた。それでも私は、その続きを言葉にさせてはいけない気がして、そのまま話し続けた。

「……彼女は、幼い頃からロートシルト家に勤めている女性なんですが、馬車の事故が原因で脚が悪いんです。でも、事故から時間が経ちすぎていて、救護院では彼女の脚はもう治せないんですって……。そのことをアリシアから相談されて、私が治療を試させてもらったんです。そしたら、私の治療魔法であれば少しずつでも彼女に効果があるとわかったので、こうやってチャンスがある度《たび》に自分の付き添いとして連れてきて、治療を受けさせているんです」

「……」

「あれもたぶん、このお茶会は長いから……彼女を座らせてあげたくて、自分が悪者になってあげているんです。……侍女は、ああでも言われない限り、勝手に下がれないですもの」

「そう……だな」

「アリシアは恥ずかしがりやさんだから。私が素直に言えばいいのにって言うと『彼女の責任問題になって担当から外されてしまうと、私が彼女のいれる紅茶を飲めなくなって困るからよ！』ですって。ね、本当に可愛いですよね」

アーサー様は少し何かを考えてから、微笑みながら言った。

「ああ……。ありがとう。では私は、可愛い婚約者を迎えに行こう」

そう言って、アーサー様はアリシアの側に行き、何やら話をしている様子だった。アーサー様がエスコートに来るとは思っていなかったアリシアは、急な出来事に驚いている。今までアーサー様が、こんな行動をとったことがなかったからだ。

そして何か会話を交わすと、目を丸く見開いて、顔をみるみる赤く染め上げた。そしてアーサー様にエスコートされるアリシアは、まるで借りてきた猫のようだった。

テーブルの近くに来て、私と目が合うと小さく「あっ」と声をあげたが、そのままアーサー様に連れられて、席に着いた。その後も、二人は楽しそうに会話をしているが、時折アーサー様がアリシアをからかって楽しんでいるように見える。

その日のお茶会は、嬉しそうに会話する二人の姿が印象的だった。

これでアーサー様の婚約破棄フラグが折れて、本当のアリシアの姿に気づけるようになるといいなと、寝る前にクリスに手紙を書きながら思い出していた。

そもそもアリシアとアーサー様はわかりやすい誤解が原因だったたし、その場面が回想シーンとしてゲームでも登場していた。だから、問題はシルビア達の方かもしれない。


なかなか解決の糸口が見つからないまま、時間だけが過ぎていく。ゲームにもシルビアとジェラール様の仲違《なかたが》いするような場面はなかったし、今も二人が仲違いするような出来事もない。

ただシルビア自身が、ジェラール様に怖がられているかもしれないと悩んでいたように……二人の関係は進んではいないようだった。

その辺りはゲームではどうなっていたかしら？　確か、口を開けば嫌味を言われるとかだったけれど、現状そんな感じでもないし……う〜ん。それよりも何か仲良くなれるきっかけがあった方がいいのかなぁ？

ゲームでの好感度を上げるのは、何をするんだっけ？　こんな時、私がプレイしていたわけではないのが仇《あだ》になってしまう。攻略本などでイラストやゲーム画面として載っていたことならば、印象深くて思い出せるのに、細かな好感度部分や育成部分は全く思い出せないでいた。

育成？　……そういえば、ヒロインには、素敵なレディになるという育成要素があるんだわ。攻略対象が騎士様ならば、戦闘パラメーターを育成する必要があるように、ジェラール様は……なんだっただろうか？

赤の一族出身の王妃様を母に持つジェラール様は、アリシアの従姉弟《いとこ》だから火の魔法特化なのよね。苛烈《かれつ》な性格の者が多いロートシルト家の血縁の中でも、異端と言われるほどに穏やかな性格で……あっそうよ！　本来なら研究をしたり植物を愛《め》でたりすることを望んでいるんだわ。

火の魔法が植物と相性が悪いせいで、植物をうまく育てられないのを、ヒロインと一緒に植物園に行った時に恥ずかしそうに打ち明けるんだっけ。だから、植物学や薬草関連の育成パラメーターをあげるのよ！

シルビアは水魔法特化の青の一族だから、相性の良い緑の風魔法にも強いし、薬学の知識も豊富だし!!　考えれば考えるほどに、二人はとってもお似合いだわ！　なんだか嬉しくなってしまう。

そうよ！　あとはきっかけね！


何かきっかけを……と思っても、二人と一緒になるのは全員参加のお茶会の時くらいだし、何をして良いのかもわからず、私は一人中庭で座りこんでいた。

「リリアーナ、あなた何をしているの？」

「え？　あ、シルビア？」

「ああ、それを見ていたの？　咳止《せき》めの薬に入れると苦みが抑えられる草ね。ふふ、あなたのことだから、雑草だと思って抜かれないか心配して見ていたのでしょう？」

ふふふ、と笑うシルビア。

ただ、ぼーっとシルビア達のことを考えてただけなんだけど……えへへと笑ってごまかしていると……。

「シルビアは植物に詳しいんだね」

と、ジェラール様が突然現れて驚いた。

「ジェラール様⁉」

シルビアも気がついていなかったからなのか、かなり動揺している。いつも冷静なシルビアにしては珍しい。私と二人だと思い、素《す》の状態で会話していたからだろうか。

「他の植物にも詳しいの？」

「そうなんです！　シルビアは植物や薬にも詳しいですし、育てるのも上手なんです！」

私は嬉しくなってジェラール様に答えると、シルビアは「ちょっと、リリアーナ」と、困った顔で私の袖《そで》をつついている。ジェラール様は「そうだったんだ……」と小さくつぶやいた。

「じゃあ、王都の植物園にも詳しい？」

「ええ、あそこは親戚の管理している植物園なので、小さい頃から通っていますし、たまに研究のお手伝いにも行っています」

「『そうなの？』」

思わず私まで驚いて言うと、シルビアは「リリアーナまで……なぜ驚いているのよ」と笑っていた。その笑顔はとても可愛らしくて、見惚れるジェラール様を見て私は、この二人もきっと大丈夫と、安心したのだった。

その後、植物園に興味を示したジェラール様をシルビアが植物園に誘っていた。ジェラール様は、とても嬉しそうに予定を確認していたので、二人の邪魔にならないように静かに帰宅した。

私は二人の仲の良さそうな姿が見られて、嬉しい気持ちで家に帰ってきた。

それにしてもシルビアが、植物園で研究に参加できるほどに詳しいなんて知らなかった。あんなに悩んだけれど、きっとそのうちに二人は自然と仲良くなれたんだと思う。結局、私はあんまり二人の役に立っていなかった、という事実に気がつき……少しだけしょんぼりしたけれど、仲良くなったのだからいいかと思い直したのだった。


それからも私は日々、ライバル令嬢の二人と一緒に、王妃教育を受けつつ楽しく過ごしていた。

そしてもちろん、銀の領地にいた時と同じように私の力をみんなのために使いたいと思っていた。

「リリアーナ、今日はあなたの好きな我が家のタルトを持ってきてあげたわよ」

先日のお茶会で、私がアリシアの家のタルトが美味しかったと話したのを覚えていてくれたのだろう。アリシアはわかりにくいが、気配りも細やかで努力家で優しい。

一緒に勉強していて、初めて彼女の真面目な一面に気がついた。こんなにも努力しているのだからこそ、乙女ゲームの完璧なライバル令嬢だったのだろう。

「アリシア、覚えていてくれたのね。ありがとう。とっても嬉しいわ！　……でも、今日はごめんなさい。私、今日の帰りはどうしても出かけたい所があって……」

「あら？　今日は予定が入っていたかしら？　リリアーナ、突然どうしたの？」

「予定が入れられない予定なのよ」

そう。予定が入れられない予定。

「……今日は王都の救護院に行ける日なの」

「救護院？」

「そうなの。定期的に救護院に行くと、私が来ると知って待ち伏せされてしまう可能性があるでしょう？　だから、不定期かつ予測できない日程を組んでくれているの」

「それで、突然今日なのね」

今この中庭に到着したのだろう、後ろからシルビアの声がする。振り向いて、こくんと頷く。

「アリシアの家のタルトは惜しいけれど、私も一緒に見学に行ってもいいかしら？」

「あら、それなら私も行くわ」

「ええ？　大丈夫？　慣れてない二人には厳しいかもしれないよ？」

それでも二人の意志は固くて、とりあえずお父様とお兄様、そして近衛騎士団長に相談することにした。


相談すると、意外にもあっさりと許可が下りた。

すでに、王族の婚約者一人が向かうために、かなり厳しいチェックが入っていること、二人には二人の近衛騎士が数人ついていることから、むしろ警戒体制の人員に余裕ができるらしい。

……まさかそんなにも、警備や騎士様達にお手数をかけているとは思わず、いたたまれない気持ちになっていると、騎士団長様が声をかけてくれた。

「リリアーナ様？　ああ……申し訳ございません。我らにお気遣いは不要です。それに、民《たみ》は皆、感謝しておりますよ」

「エドワース卿……」

「もちろん私も。……リリアーナ様が癒してくださった救護院の民の中に、難病を患《わずら》った私の母もいました。治る見込みなく、ただ苦しむ母が救護院で過ごすのは、とてもつらいものがありました。それを痛みだけでなく、病まで治していただきとても感謝しております。今は老齢には勝てず、家で寝たきりですが、家での安らかな残りの時間をくださったのは、リリアーナ様です。警護など、むしろこちらから任せてほしいと、お願いしたいくらいなのですよ」

「……ありがとうございます」

笑顔の優しい白いお髭《ひげ》交じりの団長様は、いつも警護を担当してくれている方だった。団長様に、そんな事情があるなんて知らなかったけれど、身近な人の役に立つことができていると実感して、とても嬉しかった。


救護院は王都西側にあり、王城からは少し距離があった。お昼を少し過ぎた時間帯の街は、お昼時よりは人通りも多少減ってはいたが、かなり賑《にぎ》わっていた。しかし騎士の皆さんによって、移動にも移動経路にも細心の注意がされているため、街の喧騒《けんそう》をものともせずに、あっという間に到着した。

馬車は二台で移動していたが、いつものお兄様と一緒の馬車ではなく、アリシアやシルビアと一緒の馬車に乗っていた。

「二人が救護院に興味を持ってくれて、とても嬉しいの。でも、私……とってもバタバタしていると思うから、二人の都合のいい時に帰って大丈夫だからね」

そう馬車の中で手を握りながら二人に言って、先に馬車を降りる。

ここからは、私の大切な時間だから。


王都の救護院は、地方のものよりも大きく広く立派だが、人口が多いのでいつでも患者さんで溢れていた。それでも、銀の治癒師や治療以外でも働く人員が足りなくて、ある意味で戦場なのだ。

私は動きやすい、真っ白な治癒師のワンピースに着替え患者さんのもとに急ぐ。

救護院の院長に、今いる患者さん達の状況を確認して、私の治療が必要な人のもとに向かおうとした。

その時に、切羽《せっぱ》つまった声で呼ばれ振り向くと、急患が運び込まれていた。

「リリアーナ様、こちらにお願いします！」

「わかったわ」

叫び声の方に向かって走る。向かった先の小さな診察室に運び込まれてきたのは、全身火傷を負った男の子だった。

「北の森に炎鳥が大量に飛来し、結界をくぐり抜けた炎鳥が一羽いたそうです。たまたま狩りをしていたハンター達に倒されましたが、この子が森の近くにいて被害にあったそうです！　今はまだ、かろうじて意識があります」

「わかったわ。ありがとう‼」

私は、男の子の損傷が少ない左手に触れる。直接炎の攻撃を受けてしまったのであろう右腕は、焼け落ちてしまっている状態だった。全身の火傷の状態と腕の状態を、私の魔力を流しつつ判断していく。魔力を感じたのか、男の子は私の方を見ているようだった。もう、涙も声も出ないのだろう。虚《うつ》ろだけれど、それでも生きることを諦めていない、そんな瞳に見えた。私は、男の子の手を握ってあげる。

「もう大丈夫よ。痛かったね。ここまで、よく頑張って耐えたね」

そう声をかけて、私は慎重に治療を開始した。

全身に私の魔力を流し治療魔法を施していく。男の子も私も、温かな薄いオレンジ色の魔力に包まれていく。ゆっくりと、男の子の様子を診ながら治療をしていく。

子供なので、体力が心配だったからだ。

急速に治療してしまうと反動で体力が奪われてしまったり、こういった火傷のような時は体内の水分バランスがおかしくなって、たちまち危険な状態になったりすることもある。しかし、負傷してからすぐだったことや本人の元々の体力もあったようで、全身の火傷も焼け落ちた腕もきれいに治すことができた。

良かった。

……周りからも安堵《あんど》の吐息が漏れる。

「今日リリアーナ様がいてくださって良かった。我々では数日かかりましたから！」

「良かった……」

男の子の髪をそっと撫でながら話しかける。

「大丈夫よ。大丈夫だからね。治ったよ」

すると、安心したのか口を微かに動かしてから、微笑んで……そのまま目を閉じた。目元は煤《すす》けていて、髪の毛も少し焦《こ》げているが身体のような損傷はない。涙と煤でぐちゃぐちゃになっている目元だけ、清潔な布でそっと拭い清める。胸が規則的に上下し呼吸も安定していた。良かった……本当に良かった。

私はもう一度だけ男の子の左手を握ってから、寝息と全身の状態を確認した後、一つ大きく呼吸をした。

「後は任せます」

そして、私は立ち上がり次の患者さんのもとに向かった。

この状況の中で、アリシアとシルビアが固まったまま動けずに、呆然としていたことには全く気づけなかった。

次の日、二人が我が家に来たいとお手紙をくれたので、今日は我が家でお茶会をすることになった。いつもお茶会は王城だったので、違う場所でのお茶会って新鮮でウキウキするな、楽しみだな、なんてのんきに考えていた。

しかし、我が家に到着した二人は揃って深刻な顔をしている。どうしたのだろうか？

不思議に思っていると、アリシアが口を開く。

「リリアーナ、昨日はあなたの活動に興味があって、軽率《けいそつ》についていってしまって……本当に悪かったわ。ごめんなさい」

「え⁉　どうしたの？　アリシア？」

「私も、そのことを謝りたくてきたの。本当にごめんなさい。リリアーナ」

「シルビアまで……謝られるようなことは一つもなかったわ！　むしろ興味を持ってくれてとても嬉しかったもの」

「でも、私達は何もできなかったわ」

そうか……。わかった気がした。

「……私も初めは、そう思ったよ」

救護院に行くことは私にとって、とても大切なことだ。でも、私だっていきなり昨日のように行動できたわけではない。

「私も最初はうまくいかなかったし、その間に色々見えてきたこともあって、ちょっとずつできるようになったの」

私はそう言って、クリスと出会ってから王都に来るまでの四年間を簡単に二人に説明した。


「そうだったの……」

「私は、この力でたくさんの苦しんでいる人達を助けたいの。それが私の夢なの」

まだまだ、なんだけどね。と二人を見ると、二人とも真剣な顔でこちらを見ていた。

「リリアーナ……」

「だから二人が救護院の今の姿を見て、知ってくれてとても嬉しかったし、私にはできない何かを二人なら、きっとできると思うんだ」

……だって、二人は完璧なライバル令嬢だもの。

「それに、私達の誰かが王妃様でしょ！　そしたら……きっと良くなる」

「そうね。これからだわ」

「ええ、私達の誰が王妃となってもこの国の問題だもの。私も今回のこと、忘れないわ」

二人ともありがとうと、声になる前に二人は笑顔で頷いてくれた。

それから、和やかにお茶を楽しんでから帰っていった。

その後、二人も寄付だったり救護院の人員を補充してくれたりと、いろいろと力を尽くしてくれた。そして時折、一緒に救護院に訪れ、何か手伝おうとする二人の姿を見るようになった。

またそれから数年後に、アリシアはアーサー様と一緒に、養護院のあり方や子供たちの学習にも力を入れていくようになったり、シルビアは救護院で使用する薬草などの開発に、ジェラール様と力を入れてくれるようになったのは、この日があったからだと、ずいぶん後になって聞いた。

そして始まるゲームの舞台

そうして王都で過ごす日々も四年が過ぎ、私達は十四歳になった。

来年の春には乙女ゲームの舞台の学園に入学する。

この世界の魔力ある者は十五歳でこの学園に入学する。そして貴族ならば、だいたい十六歳で社交界デビュー。十七歳で成人して卒業する。

そのため、この学園に通う三年間は結構忙しい。

私達の王妃教育は早めに組まれていたため、ほとんど終わっていた。後は定期確認と時世のものを学んでいくという感じだ。学園に通う間は、週に一度お城に行くくらいになる。

主にそれぞれの王妃様との勉強会だ。

……今回に限り三人もいたけれど、特に混乱もなくいつも以上にスムーズに進んでいるという。

三人同時に行ったため、お城としての負担も変わりなかったので喜ばれているとのことだ。

貴族令嬢の結婚は、卒業した十七歳から二十二歳頃までに結婚することがほとんどだ。

卒業後すぐに結婚する者もいるし、相手の家に入り花嫁修行する者もいる。特定の婚約者がいなければ、社交界で婚活をするなど様々だった。

そのため、学園は結婚相手探しの場ともなっているので、注意するように色々な人に言われていた。

王子の婚約者に手をだすとは思えないけれど……あらぬ噂で傷つくのは女性だから気をつけるにこしたことはない。

アリシアやシルビアまで私に注意してきて驚いた。

二人だって同じなんだからね！　二人も注意しなくちゃ！　と負けずに言ったら、なぜかアリシアには可哀想《かわいそう》な人を見るような目をしたまま抱きしめられ、シルビアは肩を震わせて笑っていた。

……悔しいのはなぜかしら。

二人も正確には知らないだろうけれど、私がかなり強いと知っているはずなのになぁ……。クリスの防御《ぼうぎょ》の結界もたくさん張られているらしくて、他の王子様達にどん引きされたくらいだし……。

学園に入るにあたっても、王妃教育で学んだことがいかされているので、私は良かったと思っている。

私達ライバル令嬢は、一緒につらい王妃教育を受ける仲間であり、同級生でもあり、同じ公爵令嬢という立場もあり、この四年間でとても仲良くなれた。

いや、心を許せる友達になれたと思う。

私達三人のうち二人は王妃にはならないけれど、王妃を支える友でありたいと思えるほどに仲良しだ。

今日は学園で着る制服の仕立てが終わり、出来上がった制服を勉強後のお茶会で見せ合おうと話していた。

この制服は、前世でイラストを見た時には何とも思わなかったが……。こんなにスカートが短いなんて、この世界ではありえない。

転生してからはこちらの価値観で生きてきたので、とても恥ずかしい。

確かに私達ライバル令嬢や他の令嬢は、ゲームの中でも長いスカートをはいていた。

基本ラインさえ押さえておけば、カスタマイズは自由なのだ。そもそも、スタイルが違い過ぎてカスタマイズが必要な人が多い。

どうやら婚約者がいない爵位の低い令嬢や庶民に、膝丈スカートの制服を着るものが多いようだった。それは、膝丈スカートをはいていると自分より爵位の高い貴族の妻や妾《めかけ》になりたいと思われるので、爵位の高い令嬢は避けるからだ。しかし、そういう希望者は一定数いるらしい。

『身体で妻なり妾なりを狙っていますって言っているようなものだよ。恥ずかしいと思わないのかな。……でも、その家の方針もあるからね。大きな声では言えないし、学園で許可されているものだからね。はぁ』

去年から学園に通うお兄様は、かなり色々な方から言い寄られて大変らしい。

お兄様はゲームなら登場すらしない人だけど、攻略対象よりもハイスペックでイケメンだ。しかも、王子の側近で一族の族長候補……妾でもいいというご令嬢も多いらしくて、お兄様は『結婚もしていないのに、愛人なんて考えるわけないじゃないか』と、うんざりしていた。


そう。でもゲームではヒロインに婚約者を奪われてしまうのだ。

膝丈スカートのヒロインに。

去年、お兄様の入学式に変装して私も家族として参加した。……半分くらいはクリスの入学式シーンを見たかっただけなのだが。そこで膝丈スカートのご令嬢を見て驚いたのだ。

そして、ヒロインのことを急に思い出した。

確かに物凄い衝撃がある。はしたないとも思うが……それ以上に目を奪われてしまった。

そうして目を奪われ、ヒロインを見てしまう。爵位は低くとも本当は純真で可愛らしいヒロインに心惹かれる……ということがありえるかもしれない、と思った。

だから私は、ゲームのようにならないかもしれないけれど、万が一に備えて対策をとることにした。

もっと早く気づいていたならば、去年のアーサー様とクリスの入学前に対策をとれたのに……と思わなくもないが、やらないよりはいいのではないかと思い、アリシアとシルビアに相談した。

私が考えたのは……。

『私達も膝丈スカートの制服を一度着て、婚約者に見せる』

ただそれだけだ。

もちろん、恥ずかしいから学園に着ていくつもりはないけれど。

でも一度私達の膝丈スカートを見てもらって、衝撃を受けるなり、慣れるなりしてくれるといいな、と思ったのだ。

アリシアもシルビアも最初こそ、難色を示した。なので一度私の屋敷に招待して、私が着てみせた。

「「……なんていう衝撃なの」」

……わかってもらえて良かった。

私の膝丈スカートに物凄い衝撃を受けたらしい。膝丈スカートの衝撃で婚約者が他の令嬢に興味を持ってしまうのは嫌だ。一度お城で着てみせるだけならば是非《ぜひ》ともやりましょう！　と協力してくれることになった。

一人でやるより心強いし、他の二人の王子もヒロインに心奪われないでほしい。もちろん、二人の膝丈スカートもサイズを知っていたので、こちらで用意済みだ。

そして、今日は決行日。

お兄様にも内緒にしていた。

クリスや他の王子様達にも、それぞれの婚約者から『必ず王子様三人で来てほしい。三人にまず、制服を着た姿を見せたい。三人以外は部屋に入らないように』と伝言しておいた。

みんな「？？？」と不思議がっていたが、なんとか約束をとりつけた。

トントントン。

ノックにマーサが応える。

「皆様、王子様がみえました。よろしいですか？」

私達は顔を見あわせて頷きあった。


……そこからのことはうまく言えないが、パニック状態だった。

王子様達が入室して私達は椅子から立ちあがり、お辞儀《カーテシー》で迎えたまでは良かった。

アーサー様は大声で慌てふためきアリシアをお姫様抱っこして壁際に連れて走りさった。

クリスは走ってきて私を抱きしめ、姿消しの魔法を使って完全に隠した。

ジェラール様は固まったと思ったら、無言のまま慌てて真っ赤なお顔でシルビアをカーテンにくるんだ。

アーサー様の大声で他の騎士や側近が入室してきそうになるのを、やはりアーサー様が必死に止めていた。


その後、学園の膝丈スカートは全面禁止になったのだった。

学園

この世界に桜はないが、似た花で白涙《はくらく》という花が咲いている。花びらが涙のようにハラハラ落ちるところから、そう呼ばれているらしい。

白い花びらがハラハラ舞い散る様子は、私の知っている桜にとても似ている。

私自身がお花見や入学・卒業などで桜を見ることはなかったけれど、病室の窓の下には大きな桜の木があって……。桜が舞い散る道を歩き、学校に入学していく姿を想像しながら、よく眺めていた。

桜との違いは、花びらが本当の涙のように落ちて、地面に着くと消えてしまうところ。

そして、涙のように何度も花びらが溢れてくるところだ。

一年間、大気中から白涙の樹が集めた魔力で花が咲いているんだそうだ。樹も光合成だけじゃなくて、魔力を吸ったりするなんて、不思議。

そう、魔力の花なのだ。そのため花が散りきってしまうことはなく、白涙の花の季節が終わるまで一ヶ月くらい毎日楽しめる。

そんな白涙が舞い散る中の入学式に参加できて、私は感動していた。

こうやって二度目の人生で私の夢が叶っていく。

他の人が興味のない学園長の、ありがたいお話も『これ』がそのお話なのね、と感動したし、生徒会長のお話を聞きながら、会長が大人に見えて不思議だった。

学園って不思議な所だ。二つ上の先輩はとても大人に見えるし、一つ上のクリスが遠く感じる。

……同じ年だったら良かったのにな。

私達ライバル令嬢も王子様達もほとんどの必修科目は終えているため、学園に通うのは他貴族との交流と学園そのものに触れることが基本的な理由だった。

他の貴族もほとんどが入学前に学習済みなので、自分の研究ジャンルの学びを深めるためや、文官や武官、騎士や魔術士を目指す者の学び場に近い。ここで良い成績を修《おさ》めたり認められたりすると、お城や良い職場での仕事に取り立ててもらえるためみんな必死だ。

そして、良い婚約者を探そうと……こちらもみんな必死だった。

ゲームでのヒロインは、夏に編入生として学園にくる。

平民として暮らしていたヒロインは、魔力を隠して生きてきた。しかし本当の父親である男爵《だんしゃく》が母親を迎えにきてくれる。そして、貴族令嬢として、また魔力持ちとして認められ学園に途中入学してくる。

……そんなストーリーだったと思う。

夏まで三ヶ月か長くても四ヶ月しかない……。

ヒロインが現れるまで学園を……学校というものを楽しんでみたい。

私はドキドキしながら、教室に入る。クラスはトラブルを避ける意味もあって、爵位と成績によって分けられる。そのため私達のクラスは他のクラスよりも比較的人数が少なめだった。

それでも、私にとっては初めてのクラスメイト……仲良くなれるといいな。

教室は、私の想像していた前世の学校の教室とはかなり違っていた。椅子はフカフカしているし、机も立派な物が使われている。でも、教室の仕様やそんなことなんて、関係ない。学校でクラスメイトと授業を受けられることが嬉しい。

基本的にはホームルームや必修科目くらいしか教室は使用しないらしいけれど、ここで一年間学ぶのだと思うと、胸のドキドキは収まらなかった。

感動して教室をぐるりと眺めていると、妙な既視感に困惑する。なんだろう……と思ったのは一瞬で、すぐに思い至った。乙女ゲームの背景だ！

攻略本で見た勉強や移動の選択肢《せんたくし》が表示される時の背景は、この教室のようだった。なんともいえない複雑な気持ちになる。

怖いような、でも少し感動すらするような、本当に複雑な気持ちだ。乙女ゲームと、この世界の類似《るいじ》点を見つけるたびに緊張が走る。少し寒気すら覚えて、腕を擦るとアリシアが声をかけてきた。

「リリアーナは、どの辺りに座りたいかしら？」

「え？　席は自分で選んでいいの？」

「そうよ、殿下や私達が選ばないと他の人が選べないから、早めに決めてしまいましょう」

「じゃあ、窓側の方がいいな」

アリシアはクスリと笑ってから「じゃあ、あの辺にしましょう」と一番前の窓側の席に向かった。

どうやら席は一年間固定で使用するらしい。アリシアもシルビアも当然とばかりに、私の両脇を選び三人で横並びの席に決めた。ふと後ろを見るとジェラール様はすでに、その側近と一番後ろの席を選んで座っていた。

私達が席を選んで腰掛けると、同じクラスの人達も次々と席に着いていく。爵位順にこうやって決めるのね。

なるほど……確かに皆、順番に席に着いていく。お友達なのか、知り合いなのか、話していたり、挨拶しあったりしている。その様子を見ているのも楽しく感じる。やっぱり、学校ってわくわくする。


ゲームでジェラール様の側近は、私の友人が推してた騎士様だった。しかし、今隣にいるのはゲームでは見なかった人だ。

植物学や薬学に造詣の深い方で、確か侯爵《こうしゃく》家の次男だった。ジェラール様の性格から騎士様と仲良くなりそうもないのに、なぜゲームでは第三王子と騎士のセットだったのだろうか……。

そうした違いも気になるけれど、今はお二人がとても親しげで楽しそうにしているので、まあいいのかな。

うーん……騎士様はどこにいるんだろう？　教室内を見回すが、このクラスに騎士様はいないようだ。第三王子の側近だったってことは、私達の同級生のはずだから後で探しに行ってみようかな。騎士様の名前も爵位も覚えていないけれど、友達の推しだったから、顔やイベント発生場所ならわかるもの。

あと攻略対象で会ったことがないのは、ゲーム内でクリスの側近だった文官様がいるはずだけれど、ひとつ上の学年だから見つけられる気がしない……。こちらは、おいおい探しに行ってみよう。

乙女ゲームの舞台なんだと、これから起こるかもしれないことを思い出そうとすることに必死で……初めてのホームルームの記憶は全くなかった。

あれ？　自己紹介とかないの？　と思ったら顔に出ていたらしく、シルビアに「みんな顔と名前と爵位を知っているんですもの。いらないでしょ？」と華麗《かれい》に流された。

確かに！

今日の予定は入学式とホームルームだけだったので、私は早速《さっそく》騎士様を探しに行こうとした。確か、騎士希望者用の鍛錬《たんれん》棟や運動場があったはずよね。

「リリアーナどうしたの？」

席を立つとアリシアに声をかけられる。

「えっと……学園を探検？　してみたいなと思って？」

「あら、そうなの？　リリアーナひとりで？　そう、なら私達も一緒に行くわ」

「え？　だっ、大丈夫だよ？」

「ダメに決まっているでしょう？　ねぇ、シルビア」

「ええ。どこから見たいの？」

そうだった……過保護な人達がここにもいたんだった。

「鍛錬棟とか……？」

「リリアーナが？　まあいいわ。では行きましょう」

無事に鍛錬棟や運動場には着いたが、王族の婚約者で公爵令嬢の私達（と近衛騎士）がぞろぞろ歩くと、目立ってしまって騎士様を探すどころの話ではなく……私は騎士様を探すのはすぐに諦めて、三人で学園内を文字通り探検して家に帰ったのだった。


入学式を終えたリリィは、嬉しそうに教室に向かって歩いていた。一学年上の私とクリスは、一緒の教室に向かう途中でリリィ達の後ろ姿を見かけた。またその姿を嬉しそうに見つめるクリスを見て私も微笑ましく思った。

「あの二人が付いていてくれるから、兄としても安心だよ。まさかそんなふうに思える日が来るとは思わなかった」

「本当だな」

五大公爵家は、それぞれの立場もあってまったく交流がない。交流がないというよりも、むしろ敵対している。表面上そうは見えなくてもだ。そんな五大公爵家の同級生の令嬢同士が仲良くなるなんて、誰も思っていなかった。

不思議なものだ。あの三人もそうだし、王子三人もなんだかんだお互いを尊重しているように感じる。こんなこと、この国の歴史の中でも今までなかったはずだ。

しかしそんな微笑ましい気持ちは、放課後の影からの通信で一気に消えた。

え？　リリィなんで、鍛錬棟なんか行ったの？　危ないからね。いろんな意味で。


黒の一族である『影』と呼ばれる人たちがいる。私は顔を合わせたことはないが、クリスとリチャードは全て把握《はあく》しているらしい。私自身も闇魔法が得意とあって、側近としてお城に通うようになってすぐにその存在に気づいた。

もちろん、お互いに。

そしてお互いの有用性にもすぐに気がつき、暗黙の了解で闇魔法の伝達魔法を使用し合い協力したことも、一度や二度ではない。側近として、護衛としてこの数年で信頼関係まで生まれてきている気さえする。

そんな影からの通信で頭を抱えた。

百歩譲って鍛錬棟と校舎内を見学していたのはいいけど……草陰に隠れてみようとしていたって、

何？　丸見えで可愛かったですが、ってそんな感想いらないからね？　え？　一緒にいた彼女達二人も護衛も何してたの？　止めてよ。微笑ましそうに見ていました。じゃないよ。初日から何してるんだよ、リリィ……。

横を見るとクリスとリチャードまで、肩を震わせて笑っている。この二人も闇魔法が使えるし、この伝達魔法が使えるけど……相手は選べるよね？　できれば私だけに報告してほしかったよ。二人にも伝える必要あった？　一気に疲れた。

「殿下、急ぎの用件ができましたので、御前失礼いたします」

「ああ、理由がわかったら教えてくれ」

わかりました。とは言ったものの、あんなに笑いながら言われても……リチャードに至っては、笑い過ぎて顔も上げられていない。

急いで家に帰ってリリィの帰宅をサロンで待つ。帰宅したリリィは何を言われるのか、全くわかっていない様子だ。ふふふ、困ったね。

「なぜ校舎内や鍛錬棟に寄ったのかな？　まぁ、それは別にいいんだけど……リリィ、どうして草陰に隠れてみようと試みたの？」

真っ赤になって慌てふためくリリィ。

「えっ⁉　なぜお兄様が知っているの？　ちっ違うのよ、隠れられるかなぁ～って思っただけなのよ」

だから、どうして隠れる必要があるんだよ……そもそも、あんなに目立つ三人組が隠れられるわけがないし、護衛の騎士が横にいるんだから、リリィだけ隠れても意味がないだろうに……。

「だって、ヒロインが来たら、見つからないように陰で……」

何か小さな声で言い訳をしていたので……これは長いお説教になるね。と、ニッコリ笑顔でリリィを座らせた。


入学式初日は、お兄様の恐ろしい微笑のお説教を受けた。あんまりにも笑顔が怖いので、その日は夢にまでみた。真夜中に目が覚め……もう二度と怒られたくないと思った。とりあえず騎士様と文官様は置いておこう。王子様ルートに専念しようと、誓った夜だった。それからは、一人で探検と称して攻略対象を探すのは諦めた。

ただ、王子様や私達の様子だけは気をつけて観察していた。


「アリシア、授業は何を選択するの？」

「私はマイナーな言語をもういくつか追加したいの。だから言語学を専攻するわ」

「シルビアは？」

「まだ悩んでいるけれど……。アリシアみたいに剣も強くなりたいから、剣術学かしらね。後は……今後のことを考えて作物に魔術を用いる魔作学も専攻するつもりよ」

「そうなの。やはりジェラール様は……」

「ええ。ご本人もそう言ってらしたわ。だけど……。私……本当は少しだけ嬉しいの。だって、そうしたら妻は私一人でしょう？」

「「そうね」」

シルビアはクールに見られがちな美しい顔でクスリと笑って……王妃候補としては、私も失格ねと言う。

「もちろん、どちらが王妃様になっても私達の友情に変わりないわ。王妃様の役に立てるように頑張るつもりよ。私達の気持ちは私達だけがよくわかるもの」


そう……王になれば、何人か王妃を娶るという覚悟はしている。理解しているが……気持ちはなかなか複雑なのだ。

特に、最初から『絶対に数人妻がいる』と決まっているわけではなかったから余計だ。

王に選ばれなければ、妻は自分一人かもしれないという、期待があったために、諦めきれない気持ちを持ってしまっているのだ。

だって私達は、みんな婚約者に恋していたから。

一つ年上のアーサー様とクリスは、魔力も武術も王としての資質も全て申し分なく、さらなる成長をみせていた。

私達と同い年のジェラール様は元来の性格も大人しく、武術や剣術はある一定のところからは伸び悩んでいた。向いていないのだろう。ニコニコとして優しい方だ。

しかしジェラール様の母は、赤の一族のロートシルト家だ。権力欲の強いロートシルト家が、自ら王太子候補を辞退するのを許すはずがないので辞退していないだけだった。

アーサー様とクリスの卒業と成人をもって、誰が立太子されるか決まる。二人とも王としてふさわしい資質を持っている。

三人の王子は意外にもお互いを認め合い、支え合いたいと考えているように思う。

ただ、王妃の生家が問題だった。

アーサー様の母はケラヴィノス家だ。ロートシルト家とケラヴィノス家はいつも権力争いをしている。しかしアーサー様はそんなことどうでもいいとばかりに、とりあわないのでケラヴィノス家は焦《じ》れていると聞く。

それならば、他の王子に黄の一族の王妃を娶らせた方が権力を持てるのかと画策している、と噂がささやかれている。だから、ケラヴィノス家のアーサー様とロートシルト家のアリシアという組み合わせは意外に良いのかと思っていたが……。

それを良しとしないのが、シルビアの生家である青の一族アンダーソン家と、リチャードの生家である黒の一族グレンウィル家だ。

五大公爵家の二つに権力が集中しすぎることを懸念している。ちなみに銀の一族は沈黙を貫《つらぬ》いている。

今までは王太子候補は一人のことが多かったため、どうにか正妃にしたい、さもなければ国母《こくぼ》にしたいという争いだった。

しかし、どの王妃に子供ができるかなどは予想もできないので、嫁いでからが勝負という感じだったそうだ。

もちろん今回も誰かが王に選ばれてから、その争いが起こることは想定の範囲内だ。

ちなみに姫様が生まれることもあったが、たまたまなのか金の魔力は女子に受け継がれにくいのか……数が少なすぎて真実はわからないが、王位を争えるほどの魔力を持たない姫が多かったとのことだ。

そして今回のように王子が三人もいて、王子側からも王妃候補側からも、権力に絡むアプローチをすることはこの国の歴史上初めてのことだった。だから、どの家も前例のない出来事に様々な策を巡らせている。

権力に絡まない魔女の血を引く王子とやはり権力に絡まない銀の一族の私は、他の家からすると一番旨《うま》みがないようで回避したいペアらしい。

「……それで？　リリアーナはどの授業を選択するの？」

考えごとに夢中になり、ボーッとしている私にアリシアが聞いてくる。

「魔法学じゃなくて、魔女について研究している魔術研究学に行こうかなって思っているの。クリスもいるし……」

「そうね。リリアーナを一人にするのは心配だったから……。クリストファー殿下と一緒ならば安心ね」

「良かったわ。私達も一緒に行った方がいいかと思っていたけど、殿下が一緒なら大丈夫ね」

「二人ともそんな心配いらないわ。学園内の研究所よ？」

「だめよ。リリアーナ、十分注意してね。学園内でも一人で出かけたりしてはだめよ」

「そうよ」

そんなに危なくないんだけど……。私はそんなに、危なっかしいのかしら？

魔術研究学の研究所

「リリィ、専攻は何にするか決めたのか？」

週に何回かある『クラスで受ける授業』を受けた後、今日はクリスと一緒に昼食をとる約束をしていた。

二学年の十六歳になるクリスは、乙女ゲームの攻略対象に相応《ふさわ》しいイケメンになっていた。

声は子供の頃と違い少し低く、ちょっとだけ掠れているところが色っぽく感じてしまう。キラキラ耀く金の髪は短く無造作に流され顔まわりで煌《きら》めいている。ブラックラブラドライトの瞳は、黒の中に不思議な青が入りこんでいて……見れば見るほど引き込まれてしまいそう。鼻は高くスッと通り、唇は薄い。身長は高く筋肉がついているのに細身だ。前世でいうところのボクサー体型というのか、モデルのようというのか……。

「リリィ？　どうしたんだ？」

うっかり見とれてしまったとは言えず、慌てて答える。

「魔術研究学に行きたいと思っているんだけど……いい？」

先にクリスに確認しておけば良かった。

勝手に一緒に学ぶつもりで決めてしまっていたことを、急に恥ずかしくなり……うつむいてから、ちらっとクリスの方を見る。

「っ………それなら、良かった。一緒なら安心だからな。もし違う授業なら私もそちらも専攻しようかと思っていたけど……そうか」

「だって、これからずっとクリスと一緒だもの。私も魔女の力について学んでいた方がいいと思って」

「……リリィ」

「それに子供ができたら、その子は魔女の力を受け継ぐでしょう？　クリスのように苦しんでほしくないし、私達の子供の力になってあげたいもの」

「……っ」

クリスは口元を押さえ天を仰《あお》ぎ見たまま、こちらを見てくれない……。

？？？　え？　何？　何か変なこと言っちゃった？

「……こども…………私達の……」

クリスは何かぶつぶつ言いながら、固まっている。

「……クリス？　どうしたの？　それでね。もし良かったら研究の時間に、クリスの受け継いだ魔女の力や魔女の記憶、魔女の試練についても教えてね。もちろん私に言える範囲でいいから」

「……ああ、もちろんだ。リリィに言えないことなんて何もないよ。ただ……魔女の研究に力を入れている教授には、言えることと言えないことがあるから、ゆっくり話そう」

「わかったわ」

トントントンとノックがあり、クリスが入室を許可する。食事の配膳に来た厨房の料理長とメイド達だった。ここは王族やその関係者のみが使用できる個室となっている。今いるのはクリスに与えられている個室だ。

一階が食堂になっている棟の三階部分に、王子様の個室が三部屋と大部屋が一つある。二階部分は私達、婚約者に与えられた部屋が三部屋あり大部屋は二つある。

本来ならば、三階は王太子とその側近の部屋。二階は王妃候補の部屋となっていた。今回は王子が三人なので側近に個室はなく別棟に個室を貰っているらしい。

各階の廊下から吹き抜けになっているため、下の食堂の様子も見ることができる贅沢な造りだ。

混乱を避けるために王子や私達はこの個室で食事をする。

私はクリスと一緒かライバル令嬢三人で食べるか、自分の個室でお兄様と食べている。

もちろん食堂で食べてもいいのだが……みんなに止められているので、きっと止めておいた方がいいのだろう。

みんなあまりにも過保護だと思う。

「じゃあ食事にしようか」

いつの間にか食事が綺麗にセットされて、毒見がすんでいた。考えこんでいたようだ。

「ええ。いただきます」

何事もなかったようにニコリと笑い食事する。

うん。とっても美味しい。


午後からリリィと私は魔術研究学の研究室に向かう。

移動中もリリィに話しかけたい輩《やから》が、うろちょろしている。一人で移動させたら大変なことになるだろう。

先程のように私を見つめる姿や、上目遣いが可愛らしすぎて……慣れている私ですら思わず抱きしめてしまうところだった。王妃候補の二人やランスロットが、必ずリリィについてくれているので安心だが……リリィ自身は危機感が足りない……。

それもこれも……魔術学の試合形式の授業中に大怪我を負った生徒が出た時のことが原因だ。その時に、一学年の見学日でリリィがいた。

リリィは怪我した生徒に駆け寄り、一瞬で全ての怪我も火傷も治してしまったのだ。

間違いなく、見学に来ていたリリィに良いところを見せたかった奴《やつ》が、自分より弱い相手に過剰に強い攻撃を仕掛けたというところだろう。

瀕死の重傷を負った生徒に駆け寄り、治療魔法をかけるリリィの姿を見た生徒達からは『銀の妖精姫』と呼ばれているらしい。……そんなリリィにみんな声をかけたくて、リリィの周りにありとあらゆる生徒が近寄ってくる状態だ。

リリィは公爵令嬢で王子の婚約者にもかかわらず、誰に対しても普通に接してしまうので、危なっかしい……。

兄弟の婚約者達が側にいてくれて本当に助かった。

魔術研究学のベーカー教授は『魔女に魅入られた男』と呼ばれ魔女の研究に心血を注いでいた。

こちらの研究室は、生徒は二十人ほどのあまり人気のない研究室だった。

そして個別研究している者が多く、研究所内の書庫や資料室に籠っていたりするので、研究室の教室にいるのは通常は二、三人なことが多い。

そんな魔術研究学の研究室だが……今日は全員が集まっていた。

みんなの研究対象の『魔女』の血縁である私の時すら、全員はいなかったのに……思わず苦笑いが零れる。

「リリアーナ＝ロアーヌです。どうぞよろしくお願いいたします」

周りのざわめきは、意図的にリリアーナには聞こえにくくしておいた。

「すげぇ、本物の銀の妖精姫だ」

「オレ初めて見た」

「魔術学で怪我した奴が、治療してもらったらしいぞ」

「自分も怪我してみようかな……」

「なんか良い匂いする……」

「魔術研究学でよかったと初めて思った」

外野が煩《うるさ》いが人数が少ないし、ここの生徒はリリィに無理やり迫ったり、無理強《じ》いしたりする者はいないだろう。

「仲良くしてくださいね」

……リリィあまり笑顔を振り撒くと、犠牲者が増えるから止めてくれ。ベーカー教授……貴方《あなた》までうっとりするのは本当に止めてほしい。

リリィ……恐ろしいまでの無自覚さだな。

とりあえず、表面上大きな混乱もなくリリィは魔術研究学で魔女について学んでいた。ベーカー教授の授業に力が入っているのは……良いこととしておこう。

リリィが魔術研究学に入ったと聞いた生徒達がその後、大量に途中受講を希望してきたが……ベーカー教授のテストによって、落とされていた。

ベーカー教授の二つ名に『妖精に魅入られた男』が追加されたのは、いうまでもない。

学園でのリリィは王妃候補の二人と一緒に、いつでも楽しそうにしている。こうやって、無自覚に教授や生徒を陥落《かんらく》させていくので、私は毎日ヒヤヒヤしている。

兄弟の婚約者の二人や近衛騎士、影がしっかりと見守っているので危険はないと思うが、心配は尽きない。

リリィは銀の一族で銀の領地に籠りきりだったせいなのか、たまに貴族らしかぬ行動をとる。しかし、基本的にはマナーも完璧で学問も好成績なのだ。そして、あの見た目なので学園内では彼女に憧れている者が、男女問わずかなり多い。

さらには、学園だけでなく王妃教育でお城に通い懸命に学び、時間を作っては救護院に通い、身分に捉われず救いの手を差し伸べる……そんな彼女は学園の生徒や関係者だけでなく、救護院で出会った家族や治療された者を中心に絶大な人気を得ている。

そんなリリィの人気や評判を良く思わないのが、他の公爵家とそれに連なる者たちだ。いつでも、権力とはやっかいなものだ。リリィは、そんなモノのためにやっているわけではないのに……。

影や近衛騎士達と協力して、警護に力を入れる。私はリリィがやりたいことを応援するだけだ。

ただ、警護面だけでなくリリィが何か、不思議な行動をとる時にも対処してほしいのだが……いつの間にか近衛騎士も影すらも、リリィのやることを微笑ましく見守るようになるのだ。おい、誰か止めてくれよ……と思わずにはいられない。

影から今日のリリィについて報告が届く。今日は救護院の帰りにカフェでデートするアーサーとアリシア嬢に会っただだって？　いいなと言っていた？

よし、デートに行こう。いい情報に感謝した。しかし、続いてもたらされた情報にため息がでる。

『美しい顔の吟遊詩人《ぎんゆう》が接触を試みようとしていたため、近づかないように足止めをした後、他の影に後をつけさせています。背後関係と思惑を探っていますので、デートはその真相がはっきりしてからの方がよろしいかと。残念ですねぇ』

この影は、もともと私つきの影だった。影の中でも一、二を争う優秀な者で、今はリリィにつけている。昔は寡黙《かもく》で本当に影のような男だったが……今は、なぜか毎日楽しそうにリリィの様子を報告にくる。

ただの吟遊詩人ならばいいが、何か思惑のある貴族たちからの刺客の可能性もあるため見逃せない。こんな時に裏で確かめ、収めてくれる影達の存在は本当に助かる。

そんなことを考えていると、影の気配が少し変わる。姿や声を現さないけれど、なんとなくニヤニヤしている気がする。どうせ私が過保護だとか、影に感謝しているのが面白いのだろう。おい、不敬だろ……と言ってやろうとして止めた。余計に喜ぶだけだ。しかしこのやり取りも、もう何年も続いたもので私は存外気に入っている。


影と、このような関係を築けるとは思っていなかった。

もちろん影も思っていなかっただろう。私の呪いが解かれた夜に、私の部屋にこの男が姿を現すまでは……。私の膨大な魔女の力と解放された魔力、そして精霊の力の全てが解き放たれた夜だ。

王家に忠誠を誓い、王の影として仕える者。父である王の命令によって私についていたであろう影が、個人的に私を唯一の主《あるじ》とし、私に名前と忠誠を捧げたのだ。

後でリチャードによって、影の中でも最も重要な人物だったのだと聞かされ驚いた。今は、そんな実力をリリィの側で十分に発揮している。

そして、影らしくなく私と言葉遊びのような会話を楽しむようになった。会話と言っても、闇の伝達魔法によるものなので、他の者にはいっさい聞こえないが。まるで友人のようだと密かに嬉しく思っている。

あの後から変わったのは、影だけではない。私もだ。


以前は、兄弟に対してそんなに関心がなかった。なんとなく愛情というものを、あまり信じていなかったのだと思う。権力や利権や勢力争いのなかにある王族なんて、そんなものだ。

とにかく周りの者が騒がしい。何の後ろ楯もない王妃の生んだ子供と蔑まれることもあった。ただ、年の近い者は兄弟の二人しかいなかったから、興味はあったが……近づくと、周りがさらに煩くなって嫌だった。

だから、極力近づかないようにしていた。

最初の頃は、周りからお互いのことを悪く言われていた影響もあって、兄弟達に良い印象なんてなかった。けれど……そもそもあんまり話したことすらなかったのだ。たまに授業の一環で話したり剣を交えたりするくらいだった。きっと彼らも私と同じ気持ちだろう。そう思っていた。

でもあの後……私は父や母に愛されていると知った。

リチャードとの固い友情も知った。

そんな愛情を知った私は、城に帰ってからアーサーとジェラールの視線の中にあるモノに気づいた。それはランスロットがリリィに向ける時に感じていたモノと同じ、家族に向ける愛情を二人の中に見つけたのだ。

二人は私のことを兄弟として心配してくれていたんだと、あの時に初めて気がついた。ジェラールはとても心配したんだと素直に口にしてくれ、アーサーは必ず帰ってくると思っていたと目元を赤くして迎えてくれた。


決定的だったのは、体調も回復してアーサーと剣の稽古を楽しんだ後だった。私は、汗を拭いて部屋に戻る途中で忘れ物に気がつき、来た道を戻るところだった。

そこで、言い争うアーサーを見た。

アーサーの母は、黄の一族であるケラヴィノス家の出身だ。アーサーの祖父も祖母もよく王宮に来ては、ごちゃごちゃ煩いことばかり言っているのを知っていた。正妃様の両親だからか、かなり横柄《おうへい》な態度をとるので当時から嫌いだった。

あいつらは、母に文句を言いに来るんだ！　と、よくアーサーが腹を立てていたのも、あの二人を嫌う原因のひとつだろう。

そんな祖父とアーサーが言い争いをしている。

声を荒げて『なぜ、異母弟なんかと仲良くしているのだ‼』と喚《わめ》いている。聞いている私も腹が立ったが……その後アーサーが『なぜ仲良くしてはいけないんだ！　私の弟だ！　文句しか言えないのならば、もう来るな‼』と、力強く反論してさらに大騒ぎになっていた。

私はそのまま、自室に戻ったが……アーサーの兄弟としての愛情は本物なのだと、とても嬉しく思う自分がいて、それにも驚いた。

アーサーは剣も魔法も強く、手合わせするのは面白い。知識も多く、話していても楽しい。ジェラールは優しい男で、年も一つ下だったから、私たちの後をついてまわっていた。可愛い弟ってこんな感じかと思っていた。たぶん、二人も同じように思っていたと思う。

同じように王になるための苦労を強いられる唯一の仲間で、最大のライバル。複雑だが、私はこの兄弟が好きだったらしい。

城に戻ってきてからは、中庭の奥に隠れて三人でこっそり会うようになった。アーサーも、王になるのは誰が良いのか見極めているのだろう。私達はよく似ている。

ジェラールが向いていないのは、私達の中でもわかりあっていることだった。そして、それをロートシルト家が、許さないのもわかっていた。

このまま成人する頃に、より王に相応しい方が王になれば良いと、お互いに思っていると思う。

今でも、時間が合えば早朝に剣の手合わせを行っている。ジェラールは基本的に見ているだけだが、それでも一緒にいる。それが私達のあり方だった。

気づくと影は音もなくリリィのもとに戻っていった。小さな精霊たちがクスクス楽しそうにしている。影がいる間は、必ずいたずらをしようとしている。影がいたずらに気づいているのかいないのかわからないが、精霊曰く『仲間だから遊んでるんだ』とのことだ。

いたずらな精霊たち、私を主と仕えてくれる影、明日の朝も稽古場にいるだろう兄弟や、楽しそうにしているであろうリリィを思いながら、目を閉じる。変わった自分やあれからの十年近い年月を思い出しながら眠りについた。

魔女の力とヒロインの登場

学園での生活にも慣れて、クリスやライバル令嬢達と毎日楽しく過ごしていた。

ダンスのレッスンやマナー講座等は必修科目だった。数少ないクラスの人達との交流ができる時間なので、私は楽しみにしている。

クラスの男の子達は、王妃候補の私達には話しかけてくれないけれど、ダンス中はたまに会話する。先日は、好きなお菓子を聞かれたので、チョコレートが好きだと答えたら次の日からチョコレートがたくさん届くようになってしまった。

王妃候補の印象を良くしたいのかな。貴族って大変ね。と言ったらアリシアとシルビアは面白そうにしていた。

それぞれにお礼とか何かお返しを送ったりした方がいいかと聞くと、何もしなくて良いという。せめてお礼を言った方がいいかしらと言っても、気にせず受けとるだけにするのが良いと教えてもらった。……難しい。危《あや》うくお礼に行ってしまうところだったわ。

私は領地で過ごしていたため、王都のルールがわからない。いつも二人にこうやって助けられていることが多い。二人には本当に感謝している。


今日も午後はクリスと研究所に行く。

今日はベーカー教授の授業はないので、研究所の個室で個人研究の続きをしようと話していた。

「リリィ……魔女について一般的なところは少し触れてきたから……私の受け継いだモノについて少し話そうか。リリィは魔女の力ってどんな印象？」

「……そうね。うーん。一番は不思議な力って印象かしら」

「不思議？」

「そうなの。最初は一族の力のように思っていたの。だって、血で受け継がれるから……。でもクリスの基本は、金の一族の力でしょう？　それに追加で魔女の力も持っている感じがするの。一族のような力は関係ないとすると、それとは別なのかな？　でも子供に受け継がれるでしょう？　だから不思議なの」

「……ああ。リリィはすごいね。なんとなく理解してるんだな。そう。一族の力は血によって受け継がれるらしいね。魔女の力は肉体に受け継がれる。……そんな感じかな？　私を構成する、ひとつひとつに魔女因子が組み込まれている……そんな感じなんだ」

「（ＤＮＡ……細胞に魔女因子が組み込まれている感じなのかも……。）そうなの……。ああっ！　それで、魔女は歳をとらないのね！」

「そうだね。でも、これには条件があって二十歳くらいで肉体的な老化が一度止まるんだ。魔女は基本的に魔術の研究や自分の興味のある研究に没頭《ぼっとう》しすぎちゃうから、そんな身体に進化したんじゃないかと魔女の中で言われている。それくらい、何百年も研究に没頭している魔女もいるんだ」

「何百年……」

「そう。それで身体の時間を動かすスイッチは……『人生の伴侶《はんりょ》』だ。恋をして相手の子供が欲しいと思うこと。相手が見つかって、純潔を捧げると時間が動き出すらしい。まあ……自分達の研究に夢中な魔女が、伴侶や子供を欲しがることが少ないから、あまり魔女はいないし人前にも現れない。最近だと、私の母が時間を動かしただけのようだね。母の両親も、もう百年も前に亡くなっているようだしね」

……クリスの話は驚くようなことばかりだった。

確かに魔法のある世界に生まれ変わって、不思議なことがたくさんあるけれど、そんなこの世界でも魔女は本当に特殊だ。

でも、恋をして時間が動き出すなんて……素敵。

私は最初から恋をしてみたかったから、少し違うけれど……。

でも恋を知らない人が、恋をして自分の時間が動き出す。

トキメキも感情も色づく世界に、しあわせな気持ち。

嫌な気持ちになったりつらく感じたりすることもあるけれど、恋を知らなかった時に戻りたいと思うことはないいんじゃないかなと思う。

たとえ恋が終わっても、つらくても後悔はしないと思うから。

「……リリィ?」

「あ……恋をして時間が動き出すなんて素敵ね、って思っただけ。……人生をかけた恋なのね」

「そうだね。リリィらしいな。……でも私の時間は止まることはないね。止まる前にリリィに会ってしまったからね」

そう言って笑うクリスは見惚《みほ》れるほどに格好いい。私は恐らく真っ赤になってしまっているだろう。

魔女の力の話から、こんな話になってしまって……私は一人悶《もだ》えてしまう。

真っ赤な顔のまま俯いていると、クリスの真剣な声が聞こえてきた。

「これは母を除くと私の唯一の知り合いの魔女との話で、あくまで仮定でしかないんだが……聞いてくれ」

あまりにも真剣なクリスの様子に、私も姿勢を正す。

クリスは大きく息を吐いてから、話し始める。

「今回の王家に三人の王子が生まれたのは、魔女の力が働いている可能性があるんだ。魔女の力は個人差が大きいんだが、母は自分の力にあまり興味がなく精霊達と楽しく暮らすのが好きだったようなんだ。私も精霊に力を借りる精霊魔法が得意だけれど……私の本当の魔女の力は魔法の融合や魔法を作りだす力だ。あの転移魔法や他の魔法も私が作った魔法なんだよ。こんなふうに魔女としての個別な力があるはずなんだが……母は自分の力がわからないんだ」

「わからない……？」

「そう。興味がなかったから、気にせず来てしまったようなんだけどね。そして父に会って恋をして、王妃になって思ったんだ。無意識だったのか意識的だったのか、もうわからないけど……『王妃みんなに息子ができればいいのに』ってね」

ヒュッと息を呑んでしまう。

確かに子供のできにくい金の一族で、そう願ってしまうのも無理はない。……でも、そんなことが可能なのだろうか。

　ましてや自分に子供ができるだけではなく、他の王妃にまで子供ができる魔法なんて聞いたことがないし、できたら金の一族は苦労していない。……一人も子宝に恵まれなかった王が何人もいるのだから。


「当時は正妃様もご懐妊の兆《きざ》しもなく、母を寵妃としたい王は、もう一人王妃を娶る約束で母を王妃としたんだ。王妃を娶ると、次に周囲から『子供はまだなのか』と再三に渡る圧力を受けて母は、当時そう願ってしまったらしいよ。自分だけにできると、また周囲の貴族達が煩いのもあったしね。だから、王子全員の歳が近いことを考えると……。やはり魔女の力が働いていると思う」

「そう考える方が正しいかもしれないわね……」

「そこで『魔女の試練』の話になるんだけど……。私の得た知識からすると……魔女の力を受けた子供に試練を、というものなんだ。考えすぎかもしれないけれど……アーサーやジェラールに試練が働くかもしれない」

「そんなっ……」

「試練は他の魔女の力を借りても解けばいいんだ。だが、どういった試練がくるのかもわからない。だから、どんな些細なことでも怪しいと感じることがあったら、私に教えてくれる？　五歳から成人までだから、あるならばこの一年間が最後の一年なんだ。くるなら今年くる。もちろん、ないことを祈るけれど……ね……」

「ええ、もちろんよ。クリス。その時は、私にも協力させてね」

「ああ。頼むよ。本来ならリリィを巻き込みたくはないんだが……。解呪や解毒はリリィの助けがあると助かるのは事実だ。……何より私の側にいないことで守れないのが一番怖い。だから絶対一人では行動しないと約束してくれ。どうも……試練の担当者に悪意のようなモノを感じるんだ……」

「わかったわ。絶対クリスに相談するね」

それから魔女の試練の対策を研究したり、ライバル令嬢同士仲良くしたり、クラスの生徒に遠巻きにされながらも、交流を試みて二人に止められたりしながら……あっという間に夏が来た。


「……っ何よ！　なんでスカート一つで、学園内に入園できないのよ！　そんなこと聞いてないわよ！　もおぉぉ‼　どういうことなのよ！」

「ですから何度も申し上げましたが、そちらのスカートは全面禁止になりましたので、こちらに着替えていただければ、ご入園できます！」

「はぁ？　何がダメなのかわからないわ！　……っっ！　ちょっと！　何すんのよ！　掴まないでよ‼　ちょっとぉぉ！」

正門の所で守衛さん二人に、両腕を捕まれズルズルと引っ張っていかれる………。

……膝丈スカートのヒロイン（たぶん）を見た。

ヒロインが現れた

たたかう　どうぐ
じゅもん　そうび
▼ぼうぎょ　にげる

私は思わず現実逃避してしまった。

ゲーム違いなんだろうけれど、こんな映像を思い浮かべて立ち尽くした。

でも、ヒロインが現れるかもしれないと思っていたのに、本当に目の前に現れたら、こんなに取り乱してしまった。

と言っても、守衛さんにヒロインらしき人は連れていかれてしまったから、見かけただけなのだけれど……。これからどうなるのかしら……不安でいっぱいになってしまう。どうしよう。誰を選んでしまうのかしら……。

目の前が暗く感じる。だんだん手足の感覚がなくなってきてしまった。

「……今のは……なんだったのかしら」

「本当ね。淑女としてありえませんわ。……ねぇ？　リリアーナ？」

「っっ！　リリアーナ！　ちょっと！　あなた真っ青じゃない！」

「リリアーナ……っっ！　……リリ………」


私はそのまま意識を失ってしまったようだった。気がつくとクリスの個室のベッドに横になっていた。お兄様とクリスがソファーで話し合っている。

私達、婚約者候補の個室には鏡台やクローゼット、ソファーやテーブルといった家具はあったが、ベッドまではないのでクリス達、王子の個室に連れてこられたのだろう。

さすがに私を保健室に寝かせておくことは、警護面や人目の心配もあるのでできないのだろう。

「リリィ気がついた？」

お兄様がこちらに来て手を握ってくれる。

「私……」

「大丈夫か？　急に倒れたと聞いたが……何かあったのか？」

クリスも心配そうにこちらに来てくれる。

どうしよう。ヒロインが現れたということは、彼女の気持ち次第で今後が変わってしまうかもしれない……。

特にクリスは攻略対象だ。

ゲームの強制力というものがあるかもしれない。クリスに冷たくされたり、婚約破棄されたりするなんて悲しすぎる。

……想像しただけで、涙が溢れそうだ。

「「リリィ！」」

涙は勝手に溢れてしまう。お兄様にもクリスにもこんなに心配をかけてしまっている。

……乙女ゲームのような展開になってしまうかもしれない。

かもしれないけれど、私は……私だったら？

婚約者に何もかも全てを話す必要はないとは思う。でも、お互いに相手を信頼する必要はあると思う。大きな秘密を持つ場合……関係なければ、わざわざ言わなくてもいいのかなと思うけれど……これ《ゲーム》は関係ないとは言えない。

私は前世やゲームの話をして、頭のおかしい者だと、頭がおかしくなったのではないかと、思われたくなかった。

だって……突然そんな話を聞いたら、そう思われても仕方ないもの。

いいえ……そう思うことも理解できるもの……。

どうしていいのかわからず、涙も止まらない。

お兄様はゲームに全く関係ないから、お兄様に相談するのはどうだろう。

……でも、お兄様は知っていてクリスには話さないのは……逆の立場ならばつらい。

どうして私に話してくれないのかと思うだろう。秘密を言ってもらえない、言う価値がないと考えたと思うだろうか……。

もう……『だろう』『かもしれない』ばかりで嫌になってしまう。涙も止まってはくれない。気持ちがぐちゃぐちゃになって、整理できない……苦しい……。


二人はただ静かに、私が落ち着くのを待ってくれていた。

どれくらい経ったのだろうか……私は二人に『話す決意』だけ伝えることにした。

「私には、誰にも話せない秘密があったの」

お兄様もクリスも息を呑んだのがわかった。私にそんな秘密があったことに気づいていなかったからだろう。

「……正直に言うと、まだ本当は話したくないの。二人にその話をして『頭がおかしい』とか『気持ちが悪い』とか思われたくないっていう、そんな私の弱さから話せなかったの」

小さく、ごめんなさいと頭を下げる。

「今日はまだ私自身も混乱していて、うまく話せないと思うから……ちゃんと時間をとって聞いてほしいの」

「リリィ……君の悩みに気づいてあげられなくて、ごめん」

クリスは悲しそうなつらそうな表情で顔を伏せる。お兄様も悲しそうな顔をしてギュッと握る手に力をこめていた。

「違うのよ。悩み……という感じではないの。特殊というか……。まさか私も本当に起こるかわからなかったし……」

二人を悲しませたくはないのだ。嫌われたり嫌がられたりしても、もう引くことはできない。

「きちんと気持ちを整えるわ。だから、なるべく早めに時間を作ってもらいたいの」

「もちろんだ。リリィが大丈夫なら明日にでも。今日はこのまま帰って、明日は二人とも学園を休むといい。私が明日、公爵家に御見舞いに行こう。……それでいい？」

「ええ。クリスありがとう。……それと、クリスは編入生がいることを知ってる？」

「……？　ああ、確か男爵家のご令嬢だろう？　赤の一族に混じりものが入った珍しいご令嬢らしい、くらいは知ってるけれど……どうして？」

「また明日話すつもりだけど……さらっとでいいからその方のことを調べてきてくれる？」

「ああ、わかった」

クリスは真剣な顔で頷いてくれた。それだけで少し安心する。お兄様はまだ心配そうに話しかけてきた。

「リリィ？　大丈夫？　嫌なら話さなくていいんだよ」

「いいえ、お兄様。二人のことを信頼してるし、何よりこれから起きるかもしれないことだから……聞いてほしいの」

お兄様は、ため息を一つついて「リリィがいいなら……」と笑った。

リリアーナの秘密

さすがに昨日の今日は、早すぎるんじゃないかと思ったが……クリスの気持ちもわからなくない。妹が話したくないほどの『リリィの秘密』だ。

一晩でも気が気じゃないだろう。

もちろん私も寝耳に水だった。妹がそんな秘密を抱えていたなんて、思ってもみなかった。

真っ青になって倒れている妹を見て、あの魔力暴発を思い出した。……また妹を失うかもしれないという恐怖を感じ、一瞬動けなくなった。

そうだ、リリィの秘密が何であれ、たとえクリスが受け入れられなくても、私だけは妹の理解者であろう。

妹を失うなんて考えたくもない。

本当は話したくないという、その秘密は私達に嫌われたくないがための秘密だったわけだ。

それならば、受け入れるしかない。受け入れない選択肢は私にはないよ。『頭がおかしい』とか『気持ちが悪い』とか思うはずがない。

そんな反応をすれば、それこそ違う意味で妹を失うだろう。

ただ……どんな話が出てくるのか想像もつかない。

夜もなかなか寝つけずに、朝早くから庭を眺めていた。まだ外は薄暗く、日差しが弱いため夏の朝の爽《さわ》やかな空気が立ち込めていた。暑さは感じない。その爽やかさが、私の気持ちとは正反対で居心地が悪い。いたたまれずに部屋に戻る。

悩んでいてもしょうがない。

私は気持ちを切り替えて、同じような気持ちでいるであろう妹の部屋に行くことにした。


トントントン。

早すぎる時間のため小さくノックしてから、そっと扉を開く。もし寝ているようならば、部屋に戻るつもりだった。

「お兄様……」

「こんな朝早く、レディのお部屋に来てごめんね。大丈夫かい？　眠れた？」

リリィは困ったように微笑んだ。

「眠れないよね。実は私もだ」

二人で顔を見合わせて小さく笑い合う。リリィはいつから目覚めていたのか、室内用の簡素な……しかし品のいい白いワンピースのドレスを着ていた。

困ったように眉を寄せて、小首をかしげていた。

「クリスの魔法で精霊に会うことができるの。さっきまで、彼女の可愛い姿に慰められていたわ」

「そうか……良かった。クリスの魔法はすごいね。それは……例の手紙の魔法？　私がクリスから貰っているのとは違うんだね」

「お兄様のは違うの？」

「ああ。見た目は封蝋《ふうろう》スタンプだし、普段は普通に封蝋として使っているんだ。柄《え》の部分にクリスタルの飾りが施されている、豪華なスタンプにしか見えないよ」

「実用的なのね」

クスクスと笑う。

「リリィのは可愛いんだね。小鳥か」

「精霊はもっと可愛いわ！　私の魔力をクリスタルに流すと少しの間だけ、姿が見えるのよ。お兄様も見える？」

「いや、試したことないな……今日クリスに聞いてみようか」

クリスの名前を出した時、少しだけリリィの肩に力が入ったのがわかった。

「……リリィ、話したくなかったら、いつでも私に言うんだよ。私はリリィに無理をしてほしくないし、無理に秘密を暴《あば》きたいとは思わない」

リリィは真剣な顔でこちらを見ている。そして、その瞳に強い意志をこめて見つめかえしてきた。

「お兄様ありがとう。不安がないといったら嘘になるけれど……。もう決めたから大丈夫よ」

「そう。じゃあ、二人で庭ピクニックの準備をしようか。私達三人でお昼に会うんだから、ピクニックにしなきゃね」

私はウィンクを一つして、準備は任せて！　と部屋を出る。少しでも妹が話しやすくしてあげたい。

そのためにできることをしようと、厨房へ急いだ。

今日の二学年は必修科目もないので、クリスは午前中に来るだろうと思っていた。朝食に合わせて早馬で手紙が届いて、返信したらすぐに来た……。

さすがに父はもう登城していたから、私が代表してクリスを迎える。……クリスと目が合う。『君も眠れなかったようだね』お互いに目で会話して軽く定型の挨拶を済ませ、庭へ案内する。

「ではクリストファー殿下、よろしければ庭へどうぞ。リリアーナの体調も良いようですので、そちらに向かわせましょう」

「ああ」

このタウンハウスの庭園は、領地の庭のように広くはないけれど、領地に咲く花や木々を植えたり王都の流行《はや》りも取り入れたりしていて、とても素晴らしい造りになっていた。

庭師はリリィが喜ぶものだから張り切って手入れをしているのだ。

「さすがに向こうの領地みたいに、シートには座れないからね」

そういって四阿《あずまや》に案内する。ここはリリィが食事したり、お昼寝したりするためしっかりとした造りになっていて、四阿というより庭にある別棟のように作られていた。

開放感があるので私達は四阿としているが、普通に生活できそうな部屋に出来上がっている。庭へ続くバルコニーの代わりに屋根のないテラス席や近くの木にはブランコまでつけていた。

「ここにもブランコがあるんだな」

「ああ。リリィのお気に入りだからね。こっちにも作ったんだ。……？　クリスはブランコを見たことがあったっけ？」

「いや。たまに精霊がブランコに乗るリリィを見せてくれたからね」

クリス……それは、なかなか犯罪ギリギリだよと思ったら、顔に出てしまっていたのか……クリスが慌てて言う。

「……違う。私に悲しいことがあった時や、つらい時に精霊が慰めようとして見せてくれたんだよ。精霊の好意さ」

……そういうことにしておこう。

しばらくすると、マーサによって支度されたリリィが部屋から下りてきた。薄い桃色のドレスは可愛らしく見えるが……きっと顔色の良くない妹のために、マーサが選んだのだろう。動きに合わせて揺れるドレスは、リリィをいつも以上に妖精のように見せている。

「クリス様、御見舞いありがとうございます」

にこりと微笑んで美しいお辞儀《カーテシー》を見せる。ひととおりの定型の挨拶をして、四阿の中のテーブルセットに着席した。

人払いを済ませ、私達三人になるとクリスが防音の結界をかけた。

一気に緊張感が増す。

リリィは大きく深呼吸をしてから話し出した。


「私には私以外の、もう一人の人生を生きた記憶があるの」

　全てを話すと決めた私は、たとえ上手に話せなくても彼女のことを、そして私の思いを全て話そうと思って話し始めた。

「その子はこの世界とは全く違う世界で生まれて、そして十六歳の時に病で亡くなった女の子なの。この世界とは違い魔法や精霊のない世界で、科学や医療がとても発達した世界だったわ。でもその世界で彼女の病を治すことはできず、こちらで言う救護院のような施設で、生まれてからの十六年間をずっと病と戦いながら生活していたの。……そこで彼女は思うの。学園に行きたい。旅行に行ってみたい。ごはんをたくさん食べてみたい。外に遊びに行ってみたい。お友達が欲しい。ピクニックをしてみたい。そして……恋をしてみたい。と」

　もう遠くなりかけている、前世の記憶を思い出しながら話し続ける。お兄様もクリスも、ただ私をじっと見つめていた。

「彼女が私なのか、私が彼女なのか……もしくは全く関係ないのか、何もわからないけれど……。向こうの世界では『輪廻転生《りんねてんしょう》』といって、死んだ魂がまた戻ってきて、生まれ変わるという考え方があるの。それには前の人生を『前世』今の人生を『今世』と呼んでいて、さらに次の人生は

『来世』と呼ぶ感じなの。これは本当にあるのか、ないのか向こうの世界でも、誰もわかっていなかったわ。宗教によっても考え方が違うようだったけれど、私の知る彼女はそれを信じていたわ。死ぬ間際《まぎわ》は、彼女の家族や周りの人達への感謝の気持ちをもって静かに亡くなったけれど……」

誰かがコクリと唾《つば》を飲む音が妙に大きく感じる。

「私は知っているの。彼女が小さく、本当に小さく……『来世は普通に生きたい』と願ったことを」

そう、私は知っている。私だけが、彼女の願いを知っているのだ。

小さく息を吐いて、膝の上できつく握っていた拳を解《ほど》いた。そして胸の前で手を組んだ。

「彼女のことを思い出したのは、魔力暴発の時。それからは、彼女ができなかったことを積極的にやったわ。ピクニックやブランコもそうなの。彼女は外でごはんを食べることもなかったし、そもそもあまり食べられなかったから……私自身も、その一つ一つをとても楽しく幸せに感じていたわ」

お兄様もクリスも、ただただ真剣に聞いて理解しようとしてくれている。

「違う世界の、違う人生の記憶を持つ。そういうこと……？」

お兄様が小さくそして無意識に零してしまった一言は、的確だった。私は二人の顔を見るのが怖くて、顔を伏せたまま話し続ける。

自分でもこの内容は、信じてもらえない可能性が高いとわかっている。私だって逆の立場でこの話を聞かされても、理解はできても、信じられるかと言われたら、正直わからない。

でもわかってほしくて、なるべく簡潔にわかる範囲で説明していく。

彼女の生きた向こうの世界は、文化がとても発達していたこと。

映像をそのまま色鮮やかに切り取る機械や、どんなに離れていても、いつでも話せる機械があること。本だけでなく映画といった動く物語に、大小の箱から流れる映像や音楽があることなど、この世界にはない様々な文化があることを説明した。

そのうえで、問題はその中の『ゲーム』のことだ。

プレイヤーと呼ばれる、ゲームをやる人が物語を動かす物で、冒険をしたり囚われの姫を助けに行ったりなどの、たくさんの種類のゲームがあった。

そして、その中に『好きな異性と結ばれる』ゲームがある。

そのゲームのひとつに、今と全く同じ状況があるということ。

共通点は、攻略対象の三人の王子。名前も見た目も性格も、概《おおむ》ねゲーム通りだということ。

さらに残りの攻略対象も地位も見た目も名前も同じということ。

攻略する時にライバルとして出てくるのが、婚約者のアリシア、リリアーナ、シルビアという点も一緒だということを話した。

「そして、その物語のヒロインと攻略対象はライバル令嬢を断罪して、婚約破棄するの。その後に二人が結婚して物語は終わるわ。……平民として育ったヒロインは私達が入学した年の夏に、本当の父親である男爵に迎えられ、貴族令嬢として学園に途中入学してくるの。髪はピンクで、赤の一族だけど、白が混ざる不思議な能力を持っているそうよ。ゲームでは、聖女と言われていたけれど……特別な聖女の力はゲームには出てこなかったわ。聖なる乙女という扱いなのかもしれないわ」

「なぜ、婚約破棄なんて………」

お兄様が思わずというふうに問いかけてきた。

「それは……私にもよくわからないの……恋の障害なのかしら……？　でも、攻略対象は全員ヒロインに恋をして婚約破棄するの。……私は、それが現実になるのが……怖い。そのゲームの通りに絶対なるなんて思ってないわ。だけどあまりにも共通点が多すぎて、否定ができないのと……」

怖くて顔をあげることはできなかったが、私は強い決意を込めて二人に……そして自分に言った。

「私は、彼女の人生をなかったことにはできない」

クリスはずっと黙ったまま聞いていてくれていた。どう思われているのか知るのが怖くて、顔を見ることはできなかった。

でもゲームを否定すると、彼女の人生まで否定してしまうような気がしていた。

「……それで、編入生のことを調べてほしかったのか……」

それまで、一言も発することのなかったクリスの声は……静かに怒っているようだった。

「リリィの言う通り、赤の一族の男爵の庶子《しょし》で白い混じりものの力を持っているようだね。確かに類似点が多そうだ。……相違点はあるの？」

「違うのは、お兄様はゲームにも登場しないし、領地から出てきてもいないわ。リチャードも攻略対象なのだけど……ゲームではアーサー様の側近なの。後は……」

「……後は？」

「私が……その……最初のお茶会の時のような姿で、学園に通っていること……かな？」

「「…………」」

二人は無言で俯いた。大方、私のあの姿を思い出しているんだろう。クリス……肩が揺れてるわ。

「っぷっ！　リリィはゲームだと、私の考えたあの姿なのかい？」

「そうよ。お兄様。私もあの姿の自分と、アリシアとシルビアにお茶会で会って、初めてゲームの設定と全く同じだと気づいたの。それまで、そんなこと思いもしなかったわ」

お兄様ったら笑いすぎだわ！　お兄様が考えたのにひどい……。笑いを堪えたクリスが話を続ける。

「……それで、婚約破棄というのは？」

「可愛らしく純真なヒロインが、平民の感覚で攻略対象に話しかけていくんだけど……」

「なぜ誰も注意しないんだ？」

「注意をするのよ。攻略対象の婚約者が。そうすると、ヒロインを虐《いじ》めたと逆に攻略対象に憎まれるの」

「なぜ？」

「学園内では一応、身分に関係なく学生として平等に過ごそう、という建前のもとに一緒にいることを許されるの。きっともう、ヒロインに好意を持ってしまっているのでしょうね。そして……ヒロインに対して嫌がらせをした、ドレスを破った、階段から突き落としたなどの悪事を、パーティーで断罪して婚約破棄するの」

「……なぜとしか、言えないことが多いんだが……。なぜパーティーでわざわざ婚約破棄するんだ？」

「物語だから、私にもわからないの」

「婚約破棄されて、リリィ達はどうなるんだ？」

「一番マシなのは、シルビアね。修道院に一生監禁されるけれど、アンダーソン家の娘として修道院に行くの。……アリシアは苛烈なロートシルト家だから、貴族籍を剥奪《はくだつ》されて平民落ち……。そして……生きていくために……娼館《しょうかん》におちるわ。私はゲーム中のクリスの台詞《せりふ》にしか出てこないけれど……銀の領地で、子孫繁栄の役に立っている……って……」

「……………………」

クリスは大きくフーッと息をついた。私をじっと見つめているのだろう、視線を感じるが……顔をあげる勇気がやっぱり出ない。冷たい目で見られてしまったら、立ち直れない。

「……………一人で抱えて、つらかったな」

そう言ってクリスは私の手を握ってくれた。

「リリィ……私達はリリィを守るよ」

お兄様の声が聞こえる。涙は滝のように流れ落ち、私は俯いたまま泣き崩れた。子供のように声をあげて泣いていた。

クリスは手を握ったまま、立ち上がり私の座る横に跪《ひざまず》いた。そして、手に軽くキスを落とす。

「リリィ泣かないでくれ。確かに信じ難い話だけれど、リリィがこんな嘘をつくとは思えない。そして一番は、そのゲームのような未来を迎えるわけには絶対にいかない、ということだ。決してリリィをつらい目に遭わせたりしないし、婚約破棄なんてする気もない」

「私だって、可愛い妹のそんな未来許せないからね！　……さて、ずいぶん長い間話しこんでしまったね。久しぶりにピクニック気分でごはんにしよう！　昔、食べたメニューも作らせたよ。準備に少し時間がかかるかもしれないけど、待ってて！　用意してくるよ」

と、ウィンクしてお兄様は四阿から出ていった。

残された私達は、クリスに手を引かれ立ち上がって二人掛けのソファーに腰掛ける。両手は握られたままだ。

「リリィ、私は昨日から『私にとっての最悪な可能性』の秘密ばかりを考えていたんだ。だから確かに驚きはしたけれど、リリィに嫌悪感をもったり、嫌だなんて思わない。ましてや頭がおかしくなったなんて決して思わないよ。私が一番恐ろしいのは、リリィが私から離れていってしまうことだ」

「私の気持ちがクリスから離れるなんてそんなことないわ！　だって、私はヒロインにクリスが恋をしてしまったらどうしようって、ずっと思ってきたんだもの。もしもって考えると怖くて、クリスから婚約破棄されたらどうしようって……っぅ………。もちろんしないと思うけれど、でもヒロインに嫌な気持ちを持ったり、つらくあたったりしてしまう気持ちも……わからなくないと思ってしまうの……。そんなことを、私達がしてしまうかもしれないのが、とってもとっても怖いの」

クリスは私をぐっと引き寄せた。引き締まった胸元に抱えこまれると、爽やかなシトラスの香りがする。ドキドキするのに、落ちつくような……でもドキドキして……きゅうってなる。自分の気持ちなのに、大きく揺れ動いてちっとも制御できない。

「リリィの心配はよくわかった。でも覚えておいて、私の気持ちは変わらない。昔も今も、ずっとリリィだけだよ」

嬉しくて嬉しくて……うまく言葉にできなくて……クリスの胸の中で小さく『うん』と頷いた。

しばらくすると、お兄様がピクニックの準備を終えて戻ってきた。

私達は慌てて離れて、ソファーに並んで座り直したけど……お兄様は生温かい目でこちらを見ているので、色々バレバレなのだろう。私の顔が赤いのも直らない。むしろ恥ずかしさから、さらに赤くなっているかもしれない。

「さあ。二人ともこっちでピクニックしよう！　そして、これからどうしていくか対策を考えようね」

私達は二人で顔を向き合わせて、頷き合いお兄様のもとへ歩いていった。

ゲームの強制力

ヒロインは、やはり私達と同じクラスに編入してきた。男爵家だが特待生ということやクラスの人数に余裕があることが理由だった。

クリスはヒロインの動向を観察して、把握しておきたいと言ってくれた。けれど私は、クリスがヒロインに惹かれてしまうのが怖いから、できるだけヒロインに近寄らないでほしいとお願いした。

もし近寄る必要があるのならば……お兄様にお願いすることにした。

お兄様はゲームに登場しないので、どうなるか見当もつかないが……攻略対象ではないので、幾分か気が楽だ。

そして、かなりのシスコンなので私が嫌がるであろう相手に、イキナリ好意を持つとは考えにくいのもお兄様にお願いする理由だった。

もちろん、できれば接触してほしくない。

ヒロインは、やはり明るく可愛らしい令嬢で、マナーがなっていないと他の令嬢からは冷たい目で見られている。そして令息からは、可愛らしいと人気がある。ゲーム通りだ。

しかし私達三人は特に関わることもなく過ごしていたし、同じクラスの攻略対象とも過剰な接触は感じられなかったので、私は少し安心していた。

そして、ヒロインが現れて一番初めに異変が起きたのは……。

ジェラール様だった。


今日は王妃教育が朝から入っていたので、私達三人は学園には行かずに王城で過ごしていた。三人で他国の情勢などを学ぶ社会学の講義を受けた後は、それぞれの王妃様とのお茶会をして終了となる。

王妃教育の後は三人でお茶会をしてから帰るのが、いつもの流れになっていた。

「シルビア、あなた顔色が悪いわ。ここのところ、ずっとよね？　何があったの？」

お茶の準備が整い、侍女がさがるとアリシアがすかさず聞いた。シルビアはここのところ表情も暗く、顔色が悪い。よく見ると目の下に隈《くま》ができているようだった。

「……………実は……いいえ。……………その……………」

シルビアはゲームの中で言うところの『冷たい嫌味令嬢』に見えるが、『言いたいことをはっきり言う令嬢』なだけだ。遠回しな回りくどい言い方の多い貴族令嬢の中で、はっきり言ってくれるのでわかりやすい。もちろん頭が良い分、遠回しな嫌味もとても上手だけれども……ね。

そんな彼女が、こんなふうに言い淀《よど》むなんて……。

私はアリシアと顔を見合わせた。とても良くない気がする。

しばらく心を決めかねているようだったが、俯いたままシルビアはゆっくり話し始めた。

「……最近、ジェラール様がおかしい気がするの。最初はほんの少しの違和感だったけれど……。なんて言えばいいのかわからないの……。でも、何かおかしい。……ごめんなさい。私らしくないわね。忘れてちょうだい」

「だめよ。シルビア！　話してもらうわ。誰がなんと言おうと私達は友達なのよ！　あなたにそんな顔をさせている理由があるなら、何でも言ってもらうわよ！　たとえそれが、どんなに愚《おろ》かしい話でも私達は聞くに決まっているわ！　まぁ、全てを鵜《う》呑《の》みにするようなお馬鹿さんじゃないのよ、私達は。うふふ。……だから、大丈夫よ。話してごらんなさい」

アリシアの言葉は、ゲームで言うところの『傲慢高飛車令嬢』のように聞こえる物言いだが……私達に気を使わせないように言ってくれているだけで、彼女の優しさと照れ隠しゆえだ。

二人とも高位貴族らしい強さを持つ令嬢だが、こうやって二人を知ればとても優しい一面を知ることができる。強さも優しさも、もちろん教養も美貌《びぼう》も王妃に相応しい二人だ。

そんなシルビアを、ここまで悩ませるなんて……ジェラール様は何をなさったのかしら？　まさか……？　私は不安になる。

「ねえシルビア。私やアリシアが同じように悩んでいたら、あなたも聞いてくれるでしょう？　私だと頼りないかもしれないけれど……頼りになるアリシアもいるし、私達はあなたの力になりたいの。あなたが悩んでつらいなら話して。今は話したくないのなら……話したくなったら言ってね」

「リリアーナ！　だめよ！　そんなこと言ったらシルビアは、また何日も一人で悩むかもしれないわ！」

「そうね。それは……つらいわ。でも気持ちの整理をして、話したくなってからの方がいいと思うわ。アリシアの優しさもわかるけれど、話す方にも決心がいるかもしれないでしょう？　ね？」

　最近、秘密を打ち明けたばかりの私には、この心を決める時間が必要だった。一日だけだったけれど、気持ちを固めたり色々整理したりするのに時間が必要なのだ。

「……いいえ。そうね。アリシア、リリアーナ。ありがとう。二人に聞いてほしくて、ずっと考えていたのよ。でも……。急に……口にすることに……怖《お》じ気《け》づいただけなのよ。言ってしまったら、本当にそうなってしまいそうで……」

　私らしくないわね。とシルビアは苦笑いを浮かべた。

「じゃあ、気持ちは決まってるのね？」

「それならば話してくれるわね？」

「ええ」

「実は……ジェラール様が最近、会ってくださらなくなったの。最初は忙しいのかと思っていたけれど、何回もお茶会もキャンセルになるし、学園でも教室以外ではほとんどお会いしないの。今日のように、王妃様の所で少し話をして……わかったわ。ジェラール様……。私以外に…………好きな方ができたのかもしれません」

　ぽつりと言葉とともにシルビアの涙が零れる。

「そんな！　勘違いの可能性は？　だって……あなた達は……」

　アリシアは言葉につまってしまう。そうだろう。だって、シルビアとジェラール様は想いあっていたように見えた。

「……瞳が……もう……私を映しては……いないの……。あんな目で見られるなんて、耐えられない……。どうして急に……なぜ……？　……わかりませんの……うっぅぅ」

耐えるようにむせび泣くシルビア。

その時の衝撃と言ったらなかった。

とうとうこの時が来たのだ。ゲームが始まってしまったのかもしれない……。

抗《あらが》いたい

シルビアの話を聞いた後、私達三人は静かに泣いた。

できることなら、大声で泣き叫んでしまいたいと二人に話したら、二人とも自分達もだと笑ってくれた。

シルビアの気持ちを想像するだけで、心が痛い。

ただシルビアの話を聞く限り、まだ相手は特定できていない様子だった。私もジェラール様の様子をよく見るように、気をつけていこうと思った。

だって、教室などでヒロインとジェラール様が接触しているところなんて、見たことがなかったからだ。

その夜クリスに手紙を書いてから、お兄様には直接話そうと夕食後お部屋に向かった。

「お兄様、少しよろしいですか？」

ノックの後、声をかけるとお兄様は扉を開けに来てくれた。お兄様のお部屋に入るのは久しぶりだ。たくさんの書物があって、紙とインクの匂いのする部屋だ。

お兄様は、この部屋もそうだが……見た目とのイメージと違いすぎる。それがまた魅力的だとも思う。

美しくお洒落《しゃれ》で優しい紳士。ほとんどみんなそう思うらしいが、本当は真面目で研究好きの勉強家で……少し策略家な黒い一面を持つことを私は知っている。伊達《だて》に黒の闇魔法を得意としているわけではない。ついでに、シスコン気味だ。

「ああ……リリィ。どうぞ」

ニコニコと優しく微笑みながら、ソファーまでエスコートしてくれる。こんなところも紳士だ。

「お兄様、ジェラール様のことを何かご存知？」

「うん？　クリスじゃなくてジェラール様かい？　うーん……これと言って特に聞かないなぁ。ジェラール様がどうかしたの？」

「ジェラール様は、シルビア以外の他の誰かに好意を持っているんじゃないかって。今日シルビアに相談されたのよ」

「ええ？　お二人はとても仲が良さそうに見えたけど？」

「私達もそう思っていたわ。でもシルビアが言うには、もうジェラール様はシルビアをそう思って見てはくださらないそうなのよ」

「そんなこと……リリィ……まさか……」

私は小さく頷いた。それを見てお兄様は少し顔色を悪くしていた。

「わからないけれど……少し調べてほしいの。そして、クリスとアーサー様を絶対にヒロインに近づけないでほしいの。お兄様お願い」

「もちろん、リリィのお願いだからね。それよりも、原因はそのヒロイン……男爵令嬢だっけ？　その子なのかい？」

「その辺は私も調べてみるわ！」

「いいかい、私も協力するからリリィは絶対無理はしないでね！」

「はい。お兄様」

「クリスには、もう伝えた？」

「ええ、先程お手紙を送ったわ」

「……そのゲームの通りにならないと良いのだけれど……」

心配そうに私を見つめるお兄様は、少し考えてから問いかける。

「リリィ……もし、ゲームの通りになってしまったら、どうするつもり？　ゲームの通りになったら？」

私は、どうする……？

「……わからないわ。ただ……抗えるならば………抗いたい」

だって、私達には今日まで積み重ねてきた日々がある。

「今までの私達の過ごしてきた時間は、ゲームにはないことだし……そのゲームは予言の書という
わけではないもの。たくさんの物語の道筋があって、たくさんの終わり方《エンディング》があったもの。ただ……

本当になぜあの物語《ゲーム》があって、似た世界なのかは、わからないから何とも言えないけれど……」

「そうだね。確かに、努力次第で今後は変わっていくものだから、頑張ってみようね」

リリィ偉いね、と言いながらお兄様は私を抱きしめてくれる。お休みのキスをして、自室に戻る。

部屋に戻ると、クリスからの手紙が届いた。
ああ……何度見ても、やっぱりとても綺麗な魔法だわ。キラキラした耀きを撒き散らしながら、
部屋の中を小鳥の姿で舞い飛んでいく。『届けてくれてありがとう』姿は見えないけれど、届けて
くれた精霊にお礼を言って手紙を受けとる。
クリスの魔法に少し癒されたところで、手紙を読む。
やはりクリスにも、まだジェラール様の変化は感じられないようだったが、動向は気にしておい
てくれるとのことだった。そして、お兄様と協力してヒロインには近づかないようにすると約束し
てくれた。
前世の記憶のないクリスからしたら、変なことを言っているであろうに……。クリスはやっぱり

優しい。ゲームのクリスとは違う。

とにかく、今はできることをやるしかないわねと、気持ちを引き締めた。


やはり、時間が経つにつれジェラール様は、ヒロインに傾倒しているように見えた。もちろんシルビアも相手がヒロインだと、今は気づいている。

普段から、ジェラール様もシルビアも教室で過剰に接触していたわけではないので、変化に気がついているのは私達だけだと思うが、この状況が続くと気づく人がいてもおかしくない。実際、ジェラール様の側近の方は気がついていると思う。たまに、心配そうにこちらを見ているもの。

そうして現状を打破できないまま、大きな動きもないままに……次に変化があったのは、関わりの少なかったはずの……アーサー様だった。

アーサー様が、ヒロインに落ちた。これには私達だけではなく、お兄様やクリスもかなり驚いていた。ヒロインと接触しないように、気をつけていたにもかかわらず、ある日突然、ヒロインに好意を寄せているようになっていたという。


やはり何かおかしい。

アーサー様もジェラール様も、ちゃんと婚約者と想い合っていたと思う。

ゲームの強制力というものがあることは知っている。

でも……本当に?

この世界はゲームに似ているけれど、ゲームではない。私達はここで生きているのだ。

この世界をモデルにしたゲームだったのだろうけれど、今は『今』進んでいるのだ。

そして不思議なことに、アーサー様とジェラール様の二人以外にヒロインは接触していないそうだ。

攻略対象のリチャードやクリスにも近寄らないし、話したこともなければ、学年も違うため見たこともないという。

そして、騎士様や文官様にも近づいている様子もないという。

……いったいどういうことなのだろう。


ヒロインにも前世があって、アーサー様とジェラール様狙いだった？

それともゲームは全然関係なくて、ただ二人が狙われた？

何もわからないまま、時間だけが過ぎていく。落ち込むアリシアとシルビアに、私はお兄様と一緒に原因を探っていると話していた。

二人は無茶をしないでほしいと言っていたけれど、現状動けるのは私達だけだ。

王子であるクリスが動いたり、アリシアやシルビアが動いたりすると五人の関係がより目立ち今後に影響しかねない。

リチャードも協力を申し出てくれていたが、彼は攻略対象だ。攻略されかねない。丁寧にお断りしたが……この世の終わりみたいにガッカリしていた。なぜ、あんなにガッカリしていたのかしら？

あまり時間が経つのも良くない。

王子達の不貞と噂される前に、原因究明と対策をたてなくてはいけない。だって、絶対おかしい。たとえ本当に心変わりしたのであるならば、今までの関係性から考えて何か一言あるはずだもの。何も言わずに、心変わりなんてあるはずがない。

この世界の魔法にはなさそうだが……前世の記憶を頼りにすると『魅了《みりょう》』のような魔法があるのかもしれない。これは属性から考えて、精神に作用するので闇魔法にあたるのではないかしら？

リチャードとお兄様に相談してみよう。

思い込みと解析とヒロイン

学園でリチャードに会うのに、私の個室は良くないとのことで、お兄様の専攻している闇魔法学の研究室を借りることになった。そこでならリチャードが一緒でも、問題ないだろうとのお兄様の配慮だ。

約束の時間に訪ねると、お兄様とリチャードは既《すで》に二人で真剣に話をしていた。二人は私に気づくと立ち上がって迎えてくれる。

リチャードは、次期宰相という攻略対象だ。黒い髪に黒い瞳のクールなイケメンになっていた。

確かにクールで昔から私とは、あまりお話をしてくれないけれど……たまに見せてくれる笑顔が可愛らしい。

お兄様とは仲が良く、一緒にいるところをよく見かける。クリスもリチャードをとても信頼している。

いるとよく聞いている。いいな。男の子同士の友情。素敵。

「リリアーナ様、ランスロットに軽く話を聞いていました。……魅了《チャーム》ですか……。その魔法は確かに闇魔法にあるのですが……この国の結界内では、使えないようになっているのです。理由は色々ありますが、一番は『結界を張る王族を魅了して結界を解かせる』のが、この国を攻める一番効率の良い攻め方だからです。なので、特に魅了に関しては厳しく使用制限がかかっています」

「では、国内で魅了魔法は使えないということですね……」

「はい。シグナリオン国内では、通常は絶対に使えません。万が一使えるとしたら、黒の一族の研究室内にある特殊な結界内……そこならば、使用可能ですね」

「いやいや、あの研究室には関係者以外入れないし、さらにその中の結界内に入れる人がいないよね？」

「そうですね。ランスロットは何回か来たことありますからね。だから、魅了魔法の可能性は限りなく低いと思います」

「魅了じゃない…………」

「あとは……もし、国内で魅了を使えるとしたら……。うーん……はぐれの魔女あたりでしょうか……？」

「………はぐれの魔女」

私はそこで、ようやく気づいた。

魔女！　そうだわ。

クリスに言われていたのに、ゲームのストーリーに気をとられていて、その可能性を忘れていたなんて！

「魔女の試練だわ……」

そう考えると全ての辻褄が合う。


魔女の力の影響を受けたであろう子供。

成人前までの期間。

急な気持ちや態度の変化。

「リチャード様、もし彼女が魔女だったとすれば、魅了魔法だと思いますか？」

「はい。そうですね……もしあの女が魔女ならば、王子達を魅了している可能性はあると思いますが……。気まぐれな魔女がわざわざ学園に来て、こんな面倒なことをするのかと言われると……わかりません。可能性は低い気がしますが……」

「リチャード様、ありがとうございます。お兄様、急いでクリスのところに行かなくちゃ」

そう言い終わらないうちに、振り返ろうとして何かに阻まれた。

キャッ！　と声が出たけれど、すぐにクリスだと気づく。

「……リリィ」

「クリス！　ちょうど良かったわ。今、あなたのところに行こうと思って…………なぜ、ここにいるの？」

「私が声をかけておいたんだよ。リリィはリチャードと話したいことがあるって言っていただろう。相手がリチャードだからいいけど、個室で会うなんてクリスが気になるだろうからね。ふふ」

　お兄様は意味深な微笑みを浮かべている……。

「？？？」

「私は側近だから。ね。クリス」

「……助かる。私にとって一番の信頼を寄せることのできる友はリチャードとランスロットだ……。でもリリィは女の子だからね。もう少し気をつけて。個室で会うとか……」

「んもう！　二人と仲良しさんだっていう話はいいの！　クリス。これは魔女の試練だと思うわ」

「……リリィわかってない……。ん？　…………なんだって？　そうか、それで二人が狙われたのか。では『呪い』か？」

「私は『魅了』かと思ったんだけど……お兄様、それって解析できそう？」

「うーん。どうかな？　私は『呪い』の線で解析してみるよ。リチャードに『魅了』の線で解析してもらおうか」

「そうですね。私以外に『魅了』は読み取れないかもしれないです。しかし、問題はどうやって解析するかですね。素直に解析に応じるとは思えないですし……。どうしますか？　クリス？」

「……解析にはどのくらいの時間がかかりそうなんだ？」

「通常の『魅了』でしたら手筈《てはず》を整えさえすれば、すぐにでも。ただ……魔女の『魅了』となると……数時間かかる可能性もあります」

「リリィ……『魅了』を『解呪』できそう？」

「……たぶん、解析できていたらすぐにでもできると思うわ」

「ランスロット、『呪い』の場合にかかる時間は？」

「前回のクリスの『呪い』に近いならば、比較的すぐに解析できるよ。あれからも、あの『呪い』を解析して、楽しんでいたからね」

「「…………」」

「ええ？　お兄様そんなことしてたの？」

「だって、あんなに美しい呪い調べない手はないだろう？　いや～綺麗だよね～。今回、調べたことが役に立ちそうで良かったよ。これがね、術者による癖みたいなモノがあるんだ。前回と同じ魔女ならば、すぐに解析できるよ」

楽しみだな～なんて笑うお兄様……クリスもリチャードも完全に引いているわ。

「……とにかく、二人と接触できる手筈を早急に整えよう」

気持ちを切り替えたクリスが、二人を呼び出す方法を考えてくれる。それにお兄様がつけたす。

「私やリチャード、それにリリィも一緒にいておかしくないのは……やはり学園になるね」

「そうだな。ランスロットはリリィと一緒に、リチャードは私と共にいてくれ。早い方がいいだろう。明日の朝、慰問先の検討をすることになっていたから、明日私の個室で決行しよう」

クリスの立てた計画では、リチャードは朝からクリスの個室にいて相談を持ちかけている体《てい》を装うこと。

私とお兄様は、王子達が入室したら二人でクリスの個室に入ること。

全員揃い次第、部屋にクリスが結界を張り、リチャードが『捕縛』と『眠り』の魔法で二人を捕らえるというモノだった。

……なんだかドキドキする。

うまくいかせなくちゃ！

四人のためにも、絶対に成功させなくちゃいけないわ！


翌朝、私は緊張に震える身体を叱咤《しった》して、お兄様とクリスの個室へ向かう。

私達が部屋に入るとすぐに、クリスが結界を張り、リチャードが魔法で縛って王子達を眠らせた。

計画通りにことが進み、ほっとしたのもつかの間……。

お兄様は私の手を引いてクリスのもとに連れていくと、リチャードに向かって言った。

「……じゃあリチャード、始めようか」

お兄様はニッコリ笑って、リチャードは真剣に頷きながら、二人は息を合わせたように、それぞれアーサー様とジェラール様に向かいあった。

二人の魔力が高まり、解析をかけた途端……。

パチッと大きな火花が散った。

すると空間が、ゆらゆらと歪《ゆが》み大きな歪《ひず》みが生まれた。

「きゃははははっ！　思ったよりも早く気づいたのね！　やるじゃない！　クリストファー‼」

歪みの中から姿を現したのは……それはそれは楽しそうに笑うヒロインだった。

魔女

「あははは！　すごいじゃない！」

手をパチパチ叩いて笑っている。とても楽しそうだ。その姿は、はしゃいだ子供のようにも見えるし、獲物《えもの》を狙い定め狩りをする前の興奮した猫のようにも見えた。

姿はヒロインのように見えるが、まるで別人だ。

……これが魔女。圧倒的な存在感と魔力だった。

「それで、だぁれ？　私の組んだ『呪い』を、こんなにバラバラにしたのは」

一瞬、目の奥がキラリと光ったような気がした。

「そうですね。自己紹介が遅れまして申し訳ありません。私が解析したランスロット＝ロアーヌで

す。レディのお名前をお伺《うかが》いしても？」

お兄様は全く怯《ひる》むことなく一歩前に出ると、それはそれは美しい笑顔で自己紹介を始めた。なんて心が強いの、お兄様。尊敬します。


魔女は一瞬、驚いたように目を丸くしたがニヤリと笑ってお兄様の近くまで、音もなく近寄った。

「へぇ～やるわね。あなた。気に入っちゃったわ」

「ありがとうございます。レディのように素敵な女性に言われると嬉しいですね」

お兄様は、すっと魔女の手をとり手の甲にキスを落とした。

驚いたことに、魔女はカァっと顔を赤く染め上げて動揺している。しかし、動揺したのは一瞬ですぐに話し始めた。

「私はドロシーよ。魔女のドロシー。よろしくね。クリストファーの曾祖母《そうそぼ》の姉よ」

そう言ってクリスをチラリと見た後、私を見て近寄ってくる。……ちょっと怖い。

「あらん。そんなに警戒しないで。うふふ。まあ、警戒しないでっていう方が無理か。でも、ずっとあなたに興味があったのよ。あなたの側には必ず誰かが近くにいて、近寄れなかったし」

ドロシーは私の目の前に来ると、じっと見つめてくる。

「何にもしないわよ～。ただ興味があるだけ」

音もなく私の指輪、アンクレット二つに、ピアス二つをドロシーの手の内に転移させる。どれもクリスに貰った新しい魔力抑制のアクセサリーだ。

「すごいわぁ！　魔女よりもすごい。どうりで、私の『呪い』を破るわけね！　こんなに魔力を持っているなんて……。あなた人間なの？」

え？　人かどうかも怪しいレベルなの？　私？

「たぶん……人間だと思いますけど……」

「もちろん、僕の可愛い妹は人間だよ」

「へぇ～おもしろい。……なぁに？　あなた……何か持っている？　おもしろいわ！　何かしら？　よく見えないけど……女の子が見える……。やっぱり興味あるわ！」

じゃあ返すわね！　と私の魔力抑制アクセサリーを元に戻してくれる。それでも、楽しそうに私を見たり、お兄様を見たりしている。

「あなた達、本当に興味を、そそられるわぁ～」

ニコニコ楽しそうにしている魔女にクリスが話しかけた。

「そんなことより、ドロシー。二人の呪いを解いたら試練は終了で良いんだな？」

「え？　ああ！　もちろんよ。予想より、早くて驚いちゃったけど……。こんな二人がいたら簡単に解けちゃうわよね～」

「リリィ『解呪』をお願いしていい？」

「もちろんよ」

私はにっこり笑ってから、ピアス二つと指輪をはずした。そしてお兄様の解析してくれた『呪い』を見ながら『解呪』を試みる。

相変わらず、美しい芸術的な呪いだわ。

美しい呪いと運命と

リリィは二人の王子の『解呪』を始めた。相変わらず美しい呪いだ。そしてそれを解いていくリリィも、とても美しい。

いつまでも、この美しい画を見ていたいが……正直、私はこの呪いを作る魔女にとても興味がある。

「クリスの『呪い』もドロシーでしたね」

「ええ。そうよ。ああ～そうだわ。クリストファーにかけた試練で、まさか死にかけるとは思わなくって、さすがに焦《あせ》ったのよ～。『魔封じの試練』は魔女にとっては、かなり一般的なものだからすぐに親が解いちゃって、つまんないと思ってさぁ。オリジナルの『魔封じ』をかけたんだけど……。まさかベティーが……ああ！　クリストファーの母親ね。魔女の力を目覚めさせてないなんて思わなくてさぁ。いやぁ～焦ったわ。まぁ、一般的な魔封じもベティーには解けなかっただろうから、同じなんだけどね。そしたらクリストファーったら、自分で運命の相手を見つけるわ。その娘が解呪する前に私の『呪い』の上から魔法かけるわ。何百年も生きてきて一番驚いたわ‼　あはは」

「……やっぱり、二人は運命の相手でしたか」

「どういうことだ？　ランスロット」

「ああ、クリスにも話してなかったかもね。リリィがクリスを見つけた時、助けを呼ばれたと感じたこと。大丈夫だと確信があったこと。運命の相手は『魔力で引き合うらしい』と聞いたことがあって、引き合った二人は運命の相手なのかもしれない、と思っていたんだ。確証がなかったので言わなかったけれど……。まぁ、来年の『婚約の儀』で判明しただろうし、良いかと判断しただけだよ」

ニッコリ。

絶対、婚約がきちんと調《ととの》う前に、二人にキスなんてさせないよ。と心の声が聞こえるように、圧をかけておく。

もしそんなことしたらわかるように、あえてリリィには伝えなかったのだから。

そう。運命の相手は体液の交換でわかるらしいのだ。簡単なモノでキスをするとか、血液を一滴ずつたらして混ぜ合わせてもわかるらしい。

運命の相手とまでいかなくても、本来なら『婚約の儀』を交わして、相手との魔力の相性をはかる。婚約するのは魔力持ちの貴族で、政略結婚がほとんどなのだから、相性が良くなければ婚約は成立しないのだ。いかんせん相性が悪いと子供ができにくいために、他の相手を探さないといけない。

今回は王家の都合で『仮』の婚約だったため、正式な婚約ではなかった。そのために三人とも『婚約の儀』を済ませていない。成人の際に王太子を決め、婚約の儀を行う予定になっていた。

おおかた、相手の魔力相性が悪いとか文句をつけて、他の婚約者と入れ替え自分の娘を王太子妃にしたいのだろう。

他の公爵家の思惑が透けて見えるようだ。

それは置いといても、不埒《ふらち》な真似《まね》をさせるつもりはないからね。ふふふ。


ドロシーは私達の話は気にせずに話し続ける。

「それでクリストファーの試練の時に、二人の王子に魔女の力の影響を見つけて、試練の担当になれるように準備していたのよ。だってこの二人は魔女の力も得られないし、魔女の祝福も得られないのに試練だけあるなんて、可哀想じゃない？　だから、来年の『婚約の儀』とやらで愛する人とキスしたら呪いは解けるように、新たな呪いを生み出してあげたのよ～」

腕を腰に当てて、これでもかと胸をはる魔女は案外可愛らしい。

「オマケしといたのよ。これでも。まぁ、婚約者の相手が可哀想だったけど、愛の試練ね。乗り越えられたら、魅了も解けて婚約者も手に入ると……ね。わざわざ、問題ないように私が相手役をしてあげていたんだからね。本当に別れたりしたら、困るじゃない！」

ドロシーは、うんうんと頷きながら勝手に話し続けるが……本人的には親切心での行動だったらしい。

うん。美しい呪いの作成者だけのことはある。私達の感覚とは少し違うが、彼女なりの優しさがあった。

「これで、二人の試練も終わったけど……。私、あなた達に興味があるから、少しここで厄介になるわね。一応このまま男爵令嬢のままでいるわ。じゃ～またね。ランスロット、リリアーナによろしくね。うふふ」

笑いながら、来た時と同じように空間を歪めて消えていった。


ちょうど、リリィが『解呪』を終わらせた瞬間だった。

妹によって解かれた『呪い』は、ほんのりとピンクや水色の光を纏い、いまだ部屋の中をキラキラと舞っている。

その中心に妹がいて、耀いているのは妹ではないかと見間違うほどに美しい。

妹を支えるようにクリスが近寄って手をとる。まるで物語か別の世界のように見える。

「……あの時を思い出しますね。あの時も、私とクリスとランスロットが彼女の解呪を見届けましたね。……美しいですね。やっぱり」

リチャードは、熱い眼差《まなざ》しを妹に向けていた。昔リチャードが妹を密かに想っていたのは知っていたが、今も変わらず想っていたのかと思うと切ない。

リチャードのクリスに対する思いは本物だ。

クリスを王として支えたいのだろう。

そこには自分の恋心まで犠牲にしても支えたい、強い気持ちがあるようだ。まあ、妹もクリスに恋しているからね。妹の気持ちが変われば……リチャードはどうするのだろう……。

いや、もしもの話はやめておこう。


二人の様子を窺《うかが》うと、クリスが妹の手と腰を支えている……うん。ちょっと近いな。引きはなそう。

私とリチャードが二人のもとに近寄っていくと、アーサー様とジェラール様が目を開けたところだった。

「二人とも気分はどうだ？」

「……クリストファー、それにリリアーナ嬢もありがとう。私達は魅了の状態にあったが、意識はあったからね。つらかったよ。解放してくれて助かった」

「……兄様……やはり私達が、年近く生まれたのは魔女の力が関係していたということなのですか？」

「やはりそうらしい。詳しくは、また話そう。……それよりも良いのか？　婚約者に説明しに行かなくて」

クリスは少し意地悪な顔をして、ニヤリと笑う。

アーサー様は慌てて立ち上がり、私とリチャードにも簡単に礼を言い、また後日ちゃんと礼をさせてくれ！　と叫びながら……もう部屋を出ていた。

ジェラール様は真っ青な顔のまま、丁寧に私達にお礼をした後……ふらふらしながらも急いで部屋を出ていった。

残された私達は、それぞれやりきった気持ちでいたが……。

妹だけは心配そうに扉の向こうを見つめていた。

お茶会という女子会

あれから、クリスに魔女の力について二人に話す許可を得てお茶会を開いていた。いつもの定型の挨拶を一通り終えて、お茶やお菓子について話す。

アリシアもシルビアもとても幸せそうで、安心した。

人払いを済ませると、もう待ちきれないとばかりにアリシアが話し出す。

「リリアーナ、あなたとクリストファー殿下、それにランスロット様やリチャード様が協力して『呪い』を解いてくださったのですってね‼」

「私もジェラール様から聞きました。本当にお礼を言わせて」

「二人とも止めて、私達友達でしょう？　助けるに決まっているじゃない！　それから！　あのお礼の品々！　本当に止めて」

あれから、アーサー様やジェラール様だけでなくアリシアやシルビアまでたくさんのお礼の品を家に送ってきて大変だった。

丁寧に断って返そうとすると、運んできた従者が切腹でもしそうな勢いで、どうしてもと懇願するので今回だけはと言って受け入れた。

「今回は受け取ったけれど、もうあんなに豪華な物を送りつけるのは止めてね。それに、もしも気づかなくても婚約の儀では解けるように、ドロシー様がご配慮くださっていたようだったし……」

「いいえ。私なんて二週間ほどでこんなに参ってしまって……。シルビアなんて一ヶ月よ。本当によく耐えたと思うわ」

「二人のおかげで耐えられたけれど……来年の婚約の儀までなんて、とても耐えられなかったでしょう」

「ええ。好きだったから、余計につらかったもの」

「そうよ。政略結婚だったら、もしかしたら我慢できたかもしれないと思うと、私は自分を恨《うら》みましたもの。『恋なんてして、私はなんて愚かだったのだろう』って」

「そうよね……私も嫌だわ。じゃあ、頑張って早く解決できて良かったわ。私達の頑張りが無駄じゃなかったもの。それにあの行動も全て魔法のせいだったわけだし、誠心誠意、お二人は謝ってくださったのでしょう?」

そういうと、二人は真っ赤になって俯いてしまった。

え?　何?　何があったの?

「……何かあったの？」

「いえ。……あの、ね。だから、その……」

ねぇ？　といって、アリシアはシルビアをチラリと見た。シルビアも、そうよねぇ？　と言って
ますます赤くなる。

……何かしら？

「そうかもしれないわね」

「アリシアもそうなのかしら？　ふふ。兄弟って似ているのかしらね」

「ええ？　二人だけわかり合っているの？」

「ああ、リリアーナごめんなさいね。違うのよ。ちょっと恥ずかしかっただけだわ」

「そうよ。あの後ジェラール様が来てくれて、魔女と呪いの説明をしてくださって……。その、愛
しているのは私だけだからと……キス……してくださって……。それだけよ」

「……アリシアも？」

アリシアが小さく頷いて同意する。

「ええっ！」

そうなの？　二人とも？

「ほら！　あれよ！　今回こんなことになって、婚約の儀で……したら本当は呪いも解けたとか、
そんな話になって、そしたらアーサー様が……。そんな感じよ！」

アリシアは恥ずかしいのか、顔を真っ赤にしたままプイッと横を向いてしまった。

「ねえねえ。本当に相性ってわかるの？　どんな感じ？」

アリシアは横を向いたまま、こちらを見てくれない……シルビアは少し落ち着いたのか、小さく息をついた。

「リリアーナ、私達が悪かったわ。……相性は、よくわからないのよ。正直、混乱してそれどころじゃなかったわ。でも、ダメじゃないってことよね。きっと」

「……。じゃ～リリアーナもクリストファー殿下にお願いしてみたらいいわ！」

「え？　私からお願いするの？」

カァっと赤くなるが……恥ずかしくて、とてもそんなことは言えない。

「恥ずかしくて、とても無理よ。来年には婚約の儀があるから……いいわ」

二人が何か言いかけた時、パチパチと空間を歪めてドロシー様が現れる。

「あはは。なぁに？　なんだか楽しそうな話ね」

「「ドロシー様！」」

ドロシー様は空間の隙間から姿を出して、ふわふわ浮いていると思ったら、四阿のソファーにポスンと落ちるように座った。

「ドロシー様！　いらっしゃるなら、ちゃんと先触れのお手紙などを出してからいらしてください。みんな驚いてしまいますわ」

「そうなの？」

「ええ。こちらのルールですので、覚えておくときっと役に立ちますわ。でもドロシー様なら、お手紙を魔法で直接本人に届けて、すぐにお返事を受け取ることができる魔法を作れそうですね。そしたら、連絡すればすぐに会えますから、面倒な手間もありませんものね」

「ふーん。じゃ〜手紙の魔法を作ってみるわね。できたらリリアーナに出してみるね」

「はい。楽しみにしていますね」

アリシアもシルビアも驚いて固まっていたが、気を持ち直したようだ。

「……リリアーナ、普通に魔女に意見している。……すごいわ」


「ドロシー様、今回は私達にも色々ご配慮いただきありがとうございました。直接お礼に伺いもせず、申し訳ありませんでした」

「ああ、そんなかしこまらなくていいって！　あなた達は巻き込まれただけじゃない〜。うまくいって良かったわね！」

ドロシー様はかなり長い時を生きている崇高《すうこう》な魔女のはずなのに、とても気さくな優しい方だった。

「それに、今回は私も学ぶところが多かったわ。ありがとね。あなた達の様子を見てて、やっと妹達や姪《めい》の気持ちも理解ができたかもしれないと思ったんだ」

そういって、やはり無邪気《むじゃき》な子供のように笑った。

そして、今は何をしているのか聞かれたので、お茶会という名の女子会だと言った。女子会の意味がわからないと言うので、話をして聞いてもらうと楽になるし、楽しいのだと伝えた。

ドロシー様は、頬に手を当てて少し何かを考えているようだった。

「じゃあ～私の話も聞いてくれる？」

「「「もちろんですわ」」」

魔女の後悔

ドロシー様はソファーにきちんと座り直した。そして、私達の方を向いて静かに話し出した。

「私はね、新しい『呪い』を生み出す研究に夢中でね。気がついたら数百年も研究に没頭していたり……そんな感じで生きてきたの。でも、魔女ってみんなこんな感じでね、たまに連絡をとる妹は薬草の研究をしていたわ」

少し恥ずかしそうに話すドロシー様だったが、妹と口にしてから遠い過去の妹の姿を思い浮かべているかのように見えた。

「研究が楽しくて、寝食を忘れて打ち込んでいた時に、妹が時を動かし結婚したと挨拶に来たのよ。驚きはしたけど、薬草関係は効果を知るために、人と結構関わるから『そうなんだ』くらいにしか思ってなかったわ。そして、やっぱり研究に集中していて……。先日挨拶に来たと思った妹が、老衰で死んだの。しあわせな最期《さいご》だったと、姪が話してくれたわ。……不思議な気分だった。当時は、大切な研究時間がなくなってしまうのに、なぜ恋なんてするのかしら？　そうとしか考えられなくってね」

そう話すドロシー様は、少しだけ悲しそうなお顔だった。

「それでもまだ私には研究しか見えてなくて、そうして日々研究して過ごしていたんだけど、姪はいつの間にか時を動かしていて、生まれたのがベティー、クリストファーの母親だったわ。ベティーは魔法に興味が全くなくて、魔女らしくないのは『呪い』でもかけられているんじゃないかって、心配した姪に調べてほしいと言われたのがきっかけで会ったの。その時に久しぶりに人間の街に下りたのよ。前に来た時から、もう五百年以上経ってた。幸いベティーは、ただ魔女としては変わっている、精霊に興味があるだけの普通の娘だったわ。そして、比較的早めに時を動かしてクリストファーが生まれた」

ドロシー様は目を閉じて話し続ける。

「妹も姪もいなくなって変わり果てた街並みに、私を知る者がいなくなって……私は初めて孤独を知ったわ。それまでそんなことを考えたこともなかった。それだけ研究のことしか考えてなかったの。まぁ……研究しているのも『呪い』だから、人と関わることはあまりないし、他の魔女ともほとんど関わることはなかったわ。もちろん、たまに仕事を依頼してくる者はいたけど、それは『呪いの魔女』に用があるのであって私にじゃないのよ。ベティーは子供の頃に会っただけだから、私のことなんて覚えてないだろうし、ベティーの母親である姪が死んでからは……私を知る者は本当に誰もいなくなった」

目を閉じたまま、少しの沈黙があって、大きく息を吐いてから目を開けこちらを見る。その瞳には、様々な感情がこもっているように見えた。

「そんな時にクリストファーの試練担当に当たって、久しぶりにベティーやクリストファーを見られて嬉しかったわ。そんな人並みの感情が私にもあったんだと、それにも驚いた。だから、クリストファーの試練も比較的メジャーな『魔封じ』を選んだのよ。クリストファーが、早く魔女の力に目覚めて楽しめるようになるかなと思ったの」

少し嬉しそうなお顔を一瞬したかと思ったら、すぐに表情を曇らせ、まるで痛みでも堪えるかのように、ぎゅっと眉を寄せた。


「……まさか死にかけるとは思わなくて。『魔女の試練』に他の魔女が手を貸すことは良しとされていたんだけど、唯一試練の担当者だけは、手を出してはいけないのよ。だって試練の内容……つまり答えを知っているのは、担当者だからね。毎日弱っていってしまうクリストファーを見ていたわ。誰かクリストファーを助けてと。私のせいであの子が死んでしまうと思った。だから、リリアーナがクリストファーを助けてくれた時は、初めて神に感謝した。神なんて信じてないのに変よね」

苦しそうに、でも笑顔を作ろうとして……苦笑していた。

「……感謝して、お礼をリリアーナに伝えに行きたくて……。でも、まだ子供のあなた達に試練だったと言っても……ね。私は、あなた達の無事を確認して……逃げるように家に帰ったわ。そして、いつかくる二人の王子のために簡単な試練にしてあげたくて……色々な呪いを研究したり、予測したり実験してみたりしたわ。罪悪感というのかしら。『魔女の試練なんだから』『魔女はみんな受けるんだからしょうがない』とも思うけど、弱っていくクリストファーの姿が忘れられなくてね……。これだけ長生きしていて、この数年が一番つらかったし、一番長く感じたわ」

俯き淡々《たんたん》と話すドロシー様の、表情は見えない。

「魔女の試練にも、担当にルールがあるみたいでね。比較的、血縁の近い者が選ばれるらしいのよ。王子二人は魔女と血縁がないでしょう？　一番血の近いのはクリストファーだから、私が担当になるってわかってた。だから、本当に担当になれて嬉しかったわ。これで、二人を楽にしてあげられるかもって思っていたんだけど……。アリシアとシルビアにまで悲しい思いをさせちゃって、悪かったわね」

だんだんと、小さな声になっていく。

「……私にとって一年って、瞬きするくらいの感覚だったのよ。魔封じにしたら、王位継承権で揉めているところに影響するかもって配慮したつもりだったのよ。ごめんね。そして、今さらだけど……」

顔をあげ、今にも泣きだしそうな顔で言う。

「クリストファーを助けてくれてありがとう」

まさかドロシー様が、こんな思いをされているなんて知らなかった。

試練だからしょうがなかったとか、ドロシー様が悪いわけじゃなかったとか……言いたいことはたくさんあるけれど、うまく言葉にできなくて……私がなんと言っても、きっとドロシー様のつらかった気持ちは消してあげることはできないだろうと思った。

だから、私は素直な気持ちだけ伝えた。

「ドロシー様、こちらこそ私やクリス、さらに王子様達や婚約者までも、今まで見守ってくださってありがとうございます」

「そうですわ！　王位継承権までご配慮いただいて……。きっと今、魔法が使えなくなってしまったら二人とも王位継承権を剥奪されておりましたもの」

「確かに、ドロシー様にとっての一年なんてあっという間ですものね。とてもご配慮いただいていたのだと理解しておりますし……今はドロシー様に感謝しておりますわ。あれから、ジェラール様とうまくいきましたの」

私達は口々にそう言うと、ドロシー様はまた俯いて「じゃあ良かった」と小さな声で呟いた。

そう呟いた小さな肩は震えていたように見えた。

「あ〜私の話に付き合ってくれてありがとね！　あはは。女子会って、いいものだね。そういえば……たまに、クリストファーやリリアーナの様子を見に来ていたんだ。ちょっとずつ大きくなるあなた達の様子や、そこの二人と楽しそうにしているのを見ていたんだ」

そう言うと、急に慌てて話を続ける。

「……はっ！　たまにだよ！　本当にたまにっ！　でさ！　三人で可愛い制服を着て楽しそうにして、はしゃいでいたから、私も同じ制服にしたのにっ！　おんなじのにしたのに！　学園の守衛に捕まって驚いたわ！　あれ、なんだったの？　……まぁ。もういいんだけどさぁ」

口を尖《とが》らせて、ぶつぶつ言っているドロシー様……。

まさか、ヒロイン対策の膝丈スカートがこんなところにも影響していたなんて…。

その後

あれから、私達三人のライバル令嬢のお茶会にドロシー様も加わってお茶をするようになった。

クリスのくれるような手紙は精霊も絡んでいるので、ドロシー様には使えないようだった。

あの日の宣言通り、新たな手紙の魔法を組んだと張り切って見せてもらった手紙の、恐ろしいことと言ったら……今思い出しても涙が出そうだ。

夜中には絶対送らないでほしい。

『得意の呪いを飛ばすのを応用したんだ！』と、どや顔で我が家にいらしたドロシー様の手紙は、悪霊が飛んできたのかと思う代物《しろもの》だった。黒いモヤモヤに囲まれた手紙が追いかけてくるのだ。

『気づかないといけないから！』と、謎の気づかいのもとに呪われているかのような声（音？）付きだった。

恐怖以外の何物でもない。悲鳴をあげて泣いた私は悪くないと思う。

なんとか改良して黒いモヤモヤを消してもらうことと、リーンという鈴の音が届けたい人に聞こえるようにしてもらった。

でもいまだに怖いのはなぜだろう……。

そして、学園ではお兄様やリチャードと一緒に闇魔法の研究をしているらしく、毎日楽しいのだそうだ。他の人と一緒に研究したことがなかったドロシー様も、二人とは話が合う様子だった。長年ドロシー様の呪いを研究していただけあって、お兄様の呪いの造詣は深く特に話が合うらしい。

お兄様の話をする時のドロシー様は本当に楽しそうにしている。ドロシー様の時間が動き出すのも、時間の問題かもしれないと私は思っている。


こうして、ヒロインではなかったドロシー様を含めた私達は、穏やかな学園生活を送っていた。

魔術研究学の私とクリスの研究室で、ドロシー様が魔女についても教えてくれる。本来ならばクリスのお母様が教えてくれることなのだそうだ。

ドロシー様のお話を聞いて、クリスが真剣な顔で考えこむことが多くなっていった。

そして、定期的に他の王子達とリチャードとお兄様を交えて何か話し合いをしている。

クリスのことは心配だけれど、ちゃんと私に報告してくれると信じているので、待つことにした。

冬も中頃にさしかかり、雪がちらちらと舞う日も増えてきた。王都はうっすらと雪が積もることはあっても、銀の領地のように膝まで積もることはない。

学園は冬の長期休みに入り、一学年は領地に帰る人達が多いようだった。

春がきて新年度になったらクリスの成人の儀と、王太子が選ばれ立太子の礼が執《と》り行われる。その後は婚約の儀が待っている。

そうした式典に合わせたドレスを準備したり、アクセサリーを用意したりと忙しいので、今年は王都に残ることにしていた。

お兄様も成人の儀の対象なので、我が家は大忙しだ。

ちなみに、私の社交界デビューもある。

社交界デビューは、基本的にその年のいつしても良いのだが、本人の誕生月にすることが多い。

しかし、私達ライバル令嬢は王子の成人に伴い、社交が必要となることが増えるため、年度明けすぐに社交界デビューすることに決まった。三人で一緒にデビューできて嬉しいし、心強い。ちなみに、ジェラール様も一緒にデビューする。

順番としては、成人の儀、立太子の礼、婚約の儀、社交界デビューとなる。

婚約の儀ではクリスが衣装を全て用意してくれると言うので、楽しみにしている。残りの三着も、クリスの衣装と合わせて仕立てる予定なので、一緒の仕立屋さんに注文したり意見を取り入れたりして準備をしている。採寸や打ち合わせなどの予定がたて込んでいて、のんびり話す暇もないので、こんな時でも手紙をすぐにやり取りできることが、嬉しい。

この日は大雪で、朝から予定がずれ込んでいた。

王都にこんなに雪が積もることは珍しく、馬車も走らないので交通機関は麻痺《まひ》していて、打ち合わせ予定だったデザイナーの到着が遅れていた。

クリスは一人でしれっと転移魔法を使い、お昼過ぎに我が家に来ていた。護衛騎士達もまだ到着できないらしい……。護衛の必要はなさそうだけれど、そうもいかないのだという。騎士様達、可哀想に。きっと大騒ぎだろう。

そんな大騒ぎとは無縁の我が家では、クリスと二人でお茶をしていた。久しぶりにのんびりとできそうで、騎士様達には申し訳ないけれど少し嬉しくなる。


雪の日はいつもよりも妙に静かだ。まわりの音が聞こえない。

「リリィ…ちょうど良かった。ゆっくり話したいことがあったんだ」

紅茶のカップを置いたクリスは、いつもより真剣な顔で私を見つめている。

「話したいこと？」

「そう。今後のこと」

とうとうこの時が来たんだと思った。

少し緊張してしまう。

「……決めたの？」

「最終的には、リリィの気持ちも聞きたいと思っているから。決めたわけじゃない」

「そう……。わかったわ。聞かせてくれる？」

クリスは頷くと、ゆっくり話し始めた。

ゆっくりとした話し方だが、ぐっと手に力を入れて、拳を握りしめていた。クリスも緊張しているのだろうか。

「……ずっと考えていたんだ。リリィのことだけじゃなく、兄弟や側近……。そして、国や国民にも関係があるからね」

クリスは真剣な表情のまま立ち上がり、私の側に歩いてきた。私も立ち上がり、じっとクリスを見つめていた。私の手をとり、クリスの手に重ねる。

「リリィ、私は王になろうと思う。それでもリリィ以外を王妃として娶るつもりはないよ。リリィ、私の唯一の王妃として、私と共に生きてくれる？」


言われた言葉をうまく理解できない。

……クリスは王になる。

私を正妃に迎えてくれる。……唯一の王妃と言った？

王なのに？　いいの？

クリスが王になったら、私以外の人を妻に迎えるのが嫌だった。きっと嫉妬《しっと》で苦しくなってしまうから。想像しただけでつらかった。

ヒロインに奪われてしまうかもしれないと思うだけで、あんなにも苦しかったのに。

実際に、もう一人の実在する妻に会ったら……どうなってしまうのかわからない。


クリスは答えを求めるように、手を重ねたままじっと私を見つめている。

重ねられた手は、ほんの微かに震えていた。

「クリス、私はあなたと結婚したいの。あなたが王様でも、臣下でもどちらでも構わないわ。私だけを王妃にしてくれるなんて……そんなの……嬉しいだけだわ」

それができるかどうかわからないけれど、私だけを妃としてくれるなんて嬉しいだけだった。

もちろんクリスと結婚したい。

それが王としてでも、臣下としてでも関係ない。

私は、ただクリスと結婚したいのだ。

クリスは答えを聞くと、苦しいくらいに私を抱きしめてくれた。抱きしめながら頭の上から話し続ける。

「リリィ、ありがとう。理解を得られるまで……苦労をかけると思うけど、リリィだけを愛し続けるよ」

ほっとしたのか、一度離れると手を引かれ、お互いに赤い顔のままソファーに並んで座った。

クリスは手を組んで、正面を向き俯いたまま話し続けた。

「本当は王位なんて、そんなに興味がなかったんだ。兄弟二人が相応しくなければ、王族として私が王となる義務があるだろうな……くらいに考えていた。王位なんかよりも、私はリリィ一人を幸せにしたかったからね。だから魔女の試練を乗り越えて、力が増え、誰よりも強くなったけど……だからといって、王になるつもりはなかったんだ。アーサーだって素晴らしい王になると思ったしね」

　ぽつりぽつりとクリスは話し続ける。

　王位についてクリスが語るのは、出会ってから初めてのことだった。クリスが考えていないわけがないとは思っていたが、私から聞いたことは一度もなかった。

「でも事情が変わった。ドロシーだ。彼女に魔女の力について教えを受けた中で、金の一族を根本から変えられるかもしれない教えを受けた。金の一族は子供ができにくいことは、リリィも知っているだろう？　強い結界の力によるものなのか、魔力の相性がどの一族とも合いにくいのか、遺伝に問題があるのか……。原因はよくわかってはいないが、事実として子供が一人もいないことも珍しくないし、いてもたくさんの王妃のうちの何人かが、やっとの思いで授かるというくらいに子供ができない。でも、今回は三人も年の近い王子が生まれた。これが魔女の力の影響かどうか、知りたかったんだ。ドロシーに確認したらすぐにわかったよ」

　組んでいた手がさらにぐっと力が入ったのがわかった。

「やっぱり魔女の力が絡んでいる。魔女は時を動かす代償に、子供を授かりやすくなるらしいんだ。それも魔女の希望に沿う形でね。そうでなければ、魔女の血筋はとっくに途絶えてしまっていただろうね」

短くない間があって、私は魔女の血筋の不思議さを思う。魔女の力、時を動かす、魔女の子供、そして魔女に生まれること。魔女の存在は、この世界でも不思議な存在となっている。

「……血筋って不思議だな。ちゃんと種族を残そうとしているんだろうね。魔女である母が王子を望んだことが、私が生まれた要因だ。そして、母が他の王妃にも王子を望んでしまったことが、兄弟が生まれた要因なんだ。直接、母の魔力が他の王妃に影響したわけじゃなくて、父を介して魔女の力が影響したんだと思う、というのがドロシーの見解だ」

王妃様の望み……。私はただ、黙ってクリスの話を聞き続けた。

「金の一族の悲しい運命を、魔女の力で乗り越えられるとわかってしまった。だから、私は金の一族の運命も変えてあげたい」

顔をあげて真っすぐに正面を見つめる、クリスの瞳にはどんな未来が見えているのだろうか……。

「私が王になり、金の一族の王に魔女の力を取り込むことで、大きな利点がある。まず、王家の血筋が絶えることがなくなること。これによってシグナリオン国の結界の維持にも影響し、国の安定に繋がる。そうすれば、民はより安定した生活が送れるだろう」

その横顔は、すでに王としてのものに見えた。

「次に王妃を何人も娶る必要もなくなること。子供が望めるからね。正妃一人で良くなるんだよ。我が国でも王族だって王以外は一夫一婦制なのだから、よほどのことがない限りその方がいいに決まってる。もちろん私だって、リリィ以外を娶るつもりはないからね。他にも、対外的に魔女の力を持つ、強い国王というのが脅威《きょうい》となって、攻めこまれにくいとか。まあ……あげればきりがないんだけど……。欠点としたら、時を動かさないと半永久的に生き続ける王族が出てくる点かな。婚約者とか、恋に落ちる環境さえ整えてあげれば、大丈夫だと思うけどね。そこは……私達の子供達を、信じてあげよう」

と笑った。

そして、私の方に向き直り……。

「好きだよ。……私の唯一」

嬉しくて涙が出てくる。

「好きだ」

私も応えようとするけれど、声が出なくてコクコクと頷く。

おでことおでこをコツンと合わせて、甘く息を吐く。

「愛してるよ」

「……私も大好き」

やっとのことで絞り出した声は小さかったけれど、クリスが嬉しそうに笑うから、クリスに届いたんだとわかった。

そして、そっと頬を寄せて静かに……。

唇を重ねた。

優しく、優しく、そして甘い口づけ。

甘くて痺《しび》れるような、酔ってしまうような酩酊感《めいていかん》がある。

なんだろうこれ。うっとりとして、もう、クリスのことしか考えられない。

ぼーっとしたまま、クリスの胸元に頬を寄せしがみつく。

「っ！　……ヤバいな。運命の相手って……。そういうことか……」

クリスは口元を押さえ、上を向きながら何か呟いていたけれど……。私は、ぼんやりとただ酔いしれていた。

少し落ち着いた頃に、クリスは話を変えようと思ったのか……。

「そういえば、やっぱりリリィに話すのは緊張してね。うっかり精霊に色々話したら、張り切ってこんなに雪を降らせちゃったみたいなんだよね。困ったね」

困ったように笑いながら、小首をかしげていた。イケメン恐るべし。そんな仕草もカッコいいけど……。


大雪の原因は、クリスだった。

クリストファー王太子

冬から春に向けて、私達は毎日を忙しく過ごしていた。

もうすぐ成人の儀を迎える。

その後に王より王太子に指名されることも決定した。

元々私達は王となるべく、教育されていたのだから、心さえ決まれば後は待つだけだ。

驚いたことにアーサーもジェラールも、個別に私が王になるように願い出てきた。

ジェラールは、王になるつもりが元々なかったのは知っていたが……。

アーサーは、王位に対して思うところがあるかと思っていた。

そんなアーサーが突然部屋に訪ねてきたかと思ったら……。

「うるさい一族は、私が黙らせよう。だから、クリストファーお前が王となれ」

私達は協力して国を治められるはずだ、と言う。

そして『クリストファーに後継者ができ次第、臣下にくだるつもりだ』と言ってきた。

私が王太子となった後は外交官になるべく、もう動いているそうだ。

これは、語学の優秀なアリシア嬢と二人で決めたらしい。王族の外交官がいるのは、とてもありがたい。今まで金の一族に、そんな人材の余裕はなかったためだ。

やはりアーサーは王に相応しい男だった。

「ああ。兄に恥じない王となろう」

私にできる限りの努力をしてみせよう。アーサーはニッと笑って、拳を合わせてきた。

「私達は兄弟だ。そして、クリストファーは恩人だ。これから、私は臣下としての態度を崩すことはない。だが、いつでもお前は私の可愛い弟だよ」

お互いの拳を合わせた後、スッと一歩下がり左膝を立て、片膝をついて礼をした。

こうやってアーサーと話せるのは……。

これが最後だとわかった。


春がきて今年も王都に白涙の花が咲く。

リリィはこの花に特別な思い入れがあるようだ。この花の舞い散る様子を、じっと見つめている時がある。白涙の花びらが舞い散る中を、二人で並んで歩いた時、リリィがとても嬉しそうにしていた。

こんなことで喜んでくれるのならば、毎年一緒に歩こうと言った。

リリィがそれはそれは嬉しそうに笑うから、我慢できずに白涙の樹の下で何度も口づけた。

成人の儀は恙《つつが》なく終えた。

問題があるとしたら、リリィが可愛いらしすぎることと、ランスロットが睨んできて怖いことくらいだ。

どうやら口づけしたことがバレたらしい。

婚約の儀は、当初の予定では立太子の礼を執り行った半月ほど後に行う予定だった。

これはあわよくば、自分達の娘を王太子妃にすげ替えたい貴族達の策略があったため、このようなスケジュールだったのだろう。

けれど、立太子の礼を執り行った後、すぐに婚約の儀を行い、そのまま王太子と王太子妃として各国の重鎮や国民にお披露目《ひろめ》を行うこととなった。

これはアーサーがうるさい貴族達を黙らせたためだ。後ろ楯のない私には、成せなかったことの一つだ。

アーサーが逐一進捗《ちくいちしんちょく》を報告に来てくれるため、やり方を学ばせてもらった。

アーサーとの距離は、すでに臣下と王の距離感だが、不思議と今までの兄弟の立ち位置よりも、ずっと近くに感じる。

ジェラールは、王と北の辺境伯であるワーグナー家と相談して、北東の辺境の地を治めることにしたそうだ。

北の国境は、寒さが厳しく難民問題があったり、他国に攻められることも稀にある。

我が国の結界は、そう簡単に越えられないが国全土を覆っているため、完璧とはいえない所もある。

さらには、貧困にあえぐ他国の難民を、全て排除することはせず、救済の余地を残すために完璧な結界には、あえてしていない。そこにつけこんで、かつて侵略してこようとした国もあったが……力の差は歴然で、圧勝だった。

東に位置する国は友好国でもあり、我が国との軍事力は雲泥《うんでい》の差があるため攻められることもないだろう。

しかし万が一に備えて、北へ応援に行きやすいように北東の領地に決めたそうだ。国境の結界を強化しつつ、寒さに強い作物の開発を進めるんだと、ジェラールとシルビア嬢は楽しみにしているらしい。

また、定期的に王都に戻り報告と社交を欠かさないようにすると話していた。

こうして、成人し学園を卒業した後のことが着々と決まっていく。
私達王子に合わせて、婚約者達も残り一年を待たず学園を卒業することに決まった。
アーサーとアリシア嬢は外交官の道へ。
ジェラールとシルビア嬢は辺境の領地で開発の道へ。
リリィは王太子妃としての政務につく。
私達は、残りの学園の一年間を
友として
兄弟として
学生として

最後の自由をかみしめながら、楽しく過ごそうと話していた。
それぞれの明日のために
こうやって過ごせるのは今だけなのだから。

成人の儀から一ヶ月ほど経ち、白涙の花も最後の時期が来た。

今日、私は王太子となり、リリィを正式な婚約者として迎えることができる。

ここまで長かった。

あの日、全身が引き裂かれるような痛みの中、死を覚悟していた。

それでも生きたくて、毒消しの薬や体力回復薬に身体回復薬を合わせて飲んで、なんとか動いていた。

毒に侵された内臓は燃えるような痛みを伴い、体力は呼吸するごとに奪われた。死んでしまった方が楽だろうと思えるような苦しみが、一週間二週間と……永遠のように続いた。

抗えたのは、父や母やリチャードといった、私を支え愛してくれた人達を悲しませたくないという思い。……ただそれだけが、私を突き動かした。

死にたいほどの苦しみの中、最期かもしれないと覚悟をした時にリリィに出会った。

最初は、そんな苦しみから救ってくれた彼女への、感謝の気持ちが一番大きかったと思う。

美しく可愛いらしい彼女に、恋をしても不思議じゃなかった。

私の初恋だ。

彼女の声を聞き、彼女と話すごとに気持ちは大きくなる。

彼女の優しさを知る度に想いは募る。

彼女に会いたくて、たまに領地に転移していた。彼女の姿を見れば、余計に会いたくて仕方がなくなる。

そんな時、婚約の話が出て本当に驚いた。銀の一族の彼女と婚約するための方法を考えていたからだ。

どうやら精霊から母に伝わり、母から父に働きかけてくれたようだ。そんな訳《わけ》があったのかと後から知ったが、感謝しかない。

彼女に会って話してしまえば、さらに思いは募る。

どうしても彼女と婚約がしたくて、強引な手を使ったため嫌われたかと思った。

でもその後、彼女と想いが通じあえて本当に嬉しかった。

それからは、順調に手紙をやり取りし、顔を合わせて話す。日に日に美しくなっていく彼女と過ごせた毎日は、今でも宝物のような日々だ。

彼女は強く美しく、そして優しい。

周りを気づかい、そっと手を差しのべていることを知っている。

兄弟や婚約者にも、そっと背中を押していた。

何かを働きかけるだけではなく、そっと寄り添ってくれるのだ。私が苦しんでいた、あの頃のように……。

これから王太子となり、やがて王になる。

そんな私にやはり彼女は寄り添っていてくれるだろう。

だから私は、一生をかけて彼女を愛して大切にしよう。

国のために働いて、彼女をしあわせにするために生きよう。彼女の笑顔を絶やさないような王となろう。


婚約の儀に向かうため、リリィを控え室に迎えにいく。

リリィが私の贈ったドレスに全身を包み、私を見て微笑んでくれる。いつも以上に美しいリリィに、上手な褒め言葉もみつからず……ただ素直にきれいだと、それしか言えない自分が不甲斐《ふがい》ない。

彼女をエスコートして祭壇の前に立ち、国王と神に誓う。

誓いが終わると、立ち上がり誓いの口づけをかわす。

そっと口づけると頬を染める可愛いリリィに、止まらなくなりそうだが……なんとか堪える。

二人で参列者の方に向き祝福を受け、国民に向けてお披露目するためリリィの手をとり移動する。

王城の門の上にある凱旋《がいせん》用の、バルコニーへと向かう。

城門の前にはたくさんの国民がお祝いに集まり、大騒ぎだった。高らかにラッパの音が鳴り響き、伝達魔法により拡大された声が響き渡ると、大きな拍手と祝福の声が割れんばかりに響いた。

「王太子殿下クリストファー様」

「王太子妃殿下リリアーナ様」

私達は二人で並び立ち国民に向けて手を振った。

「今日集まってくれた皆に、私からも祝福を！」

私はドロシーと精霊と一緒に作りあげた魔法で、空から国中に白涙の花びらを降らせた。

光と花びらの舞う幻想的な祝福に、国民は歓喜の声をあげた。

隣を見るとリリィも嬉しそうな笑顔を浮かべ、興奮している。

「クリス！　すごいわ！　素敵ね！」

「リリィ」

「なあに？」

「ありがとう」

そう言って、ぐっとリリィの腰を引き寄せ
深く口づけた。

エピローグ　リリアーナのしあわせ

婚約の儀の控え室は、聖堂の奥にあって静寂に包まれている。クリスが迎えに来るまでここで待つ。マーサは朝から「感激です」と言って泣きっぱなしで、今も離れた所で婚約の儀の控え室に来られて嬉しいと泣いている。そんないつも通りのマーサを見ていると、緊張もするけれど、なんだか穏やかな気持ちになる。

今日まで、あっという間だったような気もするし、すごく長かったような気もする。

婚約の儀だから結婚するわけじゃないんだけど、この後に国民に向けてのお披露目があって……なんだか、結婚式をするみたいな気持ちになってしまう。

きっと、着ているドレスの影響もあると思う。クリスの贈ってくれたドレスは、真っ白な正絹《しょうけん》に繊細な金の刺繍が施されているうえに、パールやダイヤモンドがあしらわれていた。金の刺繍はクリスの髪色で王家の象徴だから、公式なものには必ず使用されているけれど……。この組み合わせのドレスは、前世のウエディングドレスみたいで、初めて見た時は感動して涙が出た。

こちらの世界ではウエディングドレスに決まりはないので、許されるならこんなドレスを着たいなと思っていた。けれど、まさかクリスがこんな、私の夢みたままの素敵なドレスを贈ってくれるだなんて思いもしなかった。

クリスの贈ってくれたドレスに身を包み、クリスの瞳のようなアクセサリーを纏う。正式な婚約者となって、クリスの横に立つことができる幸せをここで実感した。

一般的な婚約の儀は、幼い頃に本人と両家の家族のみで行われる。王族だけは、家族以外に全ての一族の族長である当主が、参加する決まりになっていた。そのため一般的な聖堂ではなく、王城の中にある特別な聖堂で行われる。もちろん、王族の結婚もこの聖堂で行われる。

他の族長達もいるが、王族としてアリシアやシルビアも今回特別に参列している。もちろんお父様やお兄様だけでなくお母様やマルティナも銀の領地から、この日のために来てくれていた。

大好きな人たちに囲まれて、婚約を誓えるなんて嬉しくてたまらない。私の大切な人達みんながお祝いしてくれる。

そんなしあわせをかみしめていると、クリスが迎えに来てくれた。

クリスはお揃いの衣装を身に着けていて、本当に素敵な王子様でドキドキしてしまう。目が合うと甘く微笑みながら私を褒めてくれる。これだけでもう胸がいっぱいになってしまう。クリスが褒めてくれるだけで嬉しい。

そしていつものようにエスコートして、聖堂に続く廊下を一緒に歩いていく。

これから、二人でこうやって歩いていくんだな……と、そう、思った。


婚約の儀では祭壇の前に立ち、国王と神に誓う。

そして、クリスが私を引き寄せ、そっと誓いの口づけをかわした。

そっと触れるだけの優しい口づけなのに、胸が高鳴って……これが魔力の相性なのか、多幸感に包まれ、うっとりしてしまう。

周りの音も聞こえず、クリス以外は何も見えなくなってしまうのだ。だんだん慣れるらしいのだが、私はふわふわとした多幸感に包まれていた。すると、いつの間にか祝福も終えており、気がつくと王城の門の上にある凱旋用バルコニーの入り口付近だった。

城門の前にはたくさんの国民がお祝いに来てくれていて、ものすごい大騒ぎだった。私達の名前を呼ぶ声や、お祝いの言葉があちこちから投げかけられていた。

すごい。……感動してクリスを見ると、クリスも感動しているようだった。

その時、高らかなラッパの音が鳴り響き、伝達魔法により拡大された声が響き渡る。

「王太子殿下クリストファー様」

「王太子妃殿下リリアーナ様」

私達は二人でバルコニーに並び立つ。すると今までで、一番大きな拍手と祝福の声が割れんばかりに響いた。

バルコニーからなのに、思った以上にみんなの顔が見える。なかには見知った顔があり、みんながお祝いに駆けつけてくれたことを知る。

喜びがあふれて、零れてしまうのではないかというほどに胸がいっぱいになる。私達は、集まってくれた全ての人達に感謝を込めて手を振った。

「今日集まってくれた皆に、私からも祝福を！」

言葉とともにクリスが大きな魔力を練り上げ空に向かって放つ。

クリスの魔法は、見渡す限りの空からたくさんの白涙の花びらを降らせた。ハラハラ舞う光と花びらが、私の指先に、頬に、髪に落ちては消えていく。なんて……なんて素敵なの。

光と花びらの舞う幻想的な祝福に、私だけではなく全ての人が歓喜の声をあげた。

「クリス！　すごいわ！　素敵ね！」

興奮して感激を伝えると、クリスは今まで見たこともないほどに顔を綻《ほころ》ばせていた。

「リリィ」

「なあに？」

「ありがとう」

そう言われるのと同時に口づけられた。私は、そっと目を閉じそれを受け入れる。その姿を見て国民がさらに歓声をあげたが、もう周りの音も何もかも聞こえず、私はただ、このしあわせにつつまれた。

前世で望んだ『普通の生活』ともまた、少し違ったけれど……毎日を一生懸命生きて、恋をして、そして愛を知った。

三人のライバル令嬢のうち“ハズレ令嬢”に転生したようです。

～前世は病弱でしたが、癒しの魔法で今度は私が助けます!～

＊本作は「小説家になろう」(https://syosetu.com/)に掲載されていた作品を、大幅に加筆修正したものとなります。
＊この作品はフィクションです。実在の人物・団体・事件・地名・名称等とは一切関係ありません。

2021年4月20日　第一刷発行

著者 …… 木村 巴

イラスト …… 羽公
発行者 …… 辻 政英
発行所 …… 株式会社フロンティアワークス

〒170-0013　東京都豊島区東池袋3-22-17
東池袋セントラルプレイス5F
営業　TEL 03-5957-1030　FAX 03-5957-1533
アリアンローズ公式サイト　https://arianrose.jp/

フォーマットデザイン …… ウエダデザイン室
装丁デザイン …… 鈴木 勉（BELL'S GRAPHICS）
印刷所 …… シナノ書籍印刷株式会社